식빵 굽는 시간

식빵 굽는 시간

조경란 장편소설

문학동네

차례

1. 식빵

당신. 이제 당신에게 식빵 이야기를 하고 싶어.

식빵은 모든 빵의 기초라고 할 수 있지. 그래서 식빵을 잘 만들면 다른 종류의 빵들은 비교적 손쉽게 만들 수 있다고 해. 식빵은 다른 첨가물이 전혀 안 들어간 유럽풍의 정통 빵으로서 포근한 느낌이 그 특징이야. 자른 표면의 기포 구성이 자잘하고 크기가 일정해야 하며 껍질이 부드러우면서 부위별로 고른 색깔이 나야 잘 구워진 것이라고 할 수 있어. 이제 다가오는 이 계절만 지나면 나는 꼭 서른 살이 되지. 더이상 젊지 않다는 거, 그건 참으로 말할 수 없이 야릇한 기분일 거야. 그러나 당신이 그랬던 것처럼 낙조(落照)를 찾아다니며 바라보기에 내 나이는 아직 너무 젊지…… 아 참, 내가 무슨 이야기를 하고 있었지. 그래, 식빵 이야기를 하고 있던 중이었지. 기본 반죽에 쑥 분말 가루나 옥수수 분말, 조림밤, 우유, 건포도 등 여러 가지 재료를 넣어 응용할 수도 있어. 모든 빵의 기본이 된다고 해서 만들기가 까다롭지 않다는 것은 아니야. 기본이라고 해서 간단한 것은 세상에 아무것도 없을지 몰라. 어쩔 수 없이, 나는 이제 곧 서른 살이 될 거야……

식탁 위에 강력분과 설탕, 소금, 분유, 쇼트닝과 밀대, 식빵틀 따위들을 잔뜩 늘어놓고서 나는 잠깐 망설였다. 쑥 분말 가루나 옥수수 분말, 조림밤, 우유, 건포도 중에서 무엇을 넣을지 아직 결정하지 못한 것이다. 한동안 자리에 우뚝 선 채로 있다가 나는 아무것도 첨가하지 않은 식빵을 만들겠다는 생각을 하며 넓은 갱지를 깔아놓고 강력분을 담은 스테인레스 체를 흔들어대기 시작하였다.

"네가 겨드랑이 털을 깎는 것을 보니까 벌써 봄인가 보구나."

여승(女僧)처럼 맑은 눈을 깜빡거리며 그녀가 한 팔을 올린 채 왼쪽 겨드랑이에 일회용 면도기를 대고 있는 나를 쳐다보았다.

"전기면도기가 있잖니, 왜 그걸 사용하지 않구서. 잘못해서 살이라도 베이면 어떡하려고 그러니."

"전기면도긴 잘 안 깎여요."

"애, 그건 꼭 그렇게 밀어내야 하는 거니? 망칙스럽게……"

"……"

평일 오후라 그런지 목욕탕 실내는 여느 때와 달리 비교적 한가한 편이었다. 아까부터 몹시 비둔한 몸집의 중년 여자 두 명이 미래를 기약할 수 없는 여든 노인 같은 표정으로 온탕과 냉탕을 번갈아가며 드나들고 있었다. 두 여자의 아랫배는 거웃 부분까지 축 늘어져 있었다. 그것은 문득 앉아 있는 거대한 코끼리의 앞가슴을 연상시키게 하였다. 그 여자들이 살아온 세월이 모두 뭉글뭉글한 기름 덩어리가 되어 육체에 들러붙어 있는 것만 같았다.

어째서 대부분의 여자들은 중년이 되면 저렇게 아랫배가 늘어지고 온몸이 부풀어오르는 것일까. 나이를 먹는다는 것은 자신의 몸뚱어리에 대해서조차 관대해진다는 것일까. 그러는 새에 스스로를 젊다고 내세우는 것이 어색해지고 자신 없어질 테지. 때때로 참혹한 기분이 들 수도 있을 것이다.

나는 진저리를 치며 거품 타월로 왼쪽 겨드랑이께를 세게 문질러대었다. 금세 살갗이 붉게 일어났다. 두 다리를 벌리고 선 자세로 내려다보는 내 아랫배는 아직 밋밋해 보였다. 어쩐지 나는 안심이 되는 것을 느낀다.

중년의 두 여자만 제외한다면 이 목욕탕에 다른 손님

은 그녀와 내가 자리잡고 있는, 맞은편 쪽에 있는 뇌성마
비 딸을 데리고 온 젊은 여자가 있을 뿐이다. 그 여자는
제 딸아이처럼 볼품없는 깡마른 몸매를 가지고 있었다.

"이모, 등 좀 밀어주세요."

부연 수증기 속으로 번지는 내 목소리는 몹시 음울하
게 들렸다.

"응? 그래 그래, 자 이리 조금만 돌아앉아 봐라."

정맥이 환히 드러나 보이는 손등에 연둣빛 이태리타월
을 끼며 그녀가 내 등뒤로 돌아섰다. 목 언저리께부터 문
지르기 시작하는 그녀의 세심한 손놀림을 느끼며 나는
눈을 감았다. 어디선가 잘 익은 향긋한 살구 냄새가 풍겨
나는 듯하였다. 잠시 코를 벌름거려보았다. 그것은 그녀
가 바른 바디샴푸 향이었다. 그녀의 종아리께가 반드르하
게 윤이 나고 있는 것이 보였다. 나이 오십을 바라보면서
몸에 살구 향의 바디샴푸를 바르는 여자. 쿡쿡쿡, 나는
입술을 비틀며 짧게 웃음을 흘렸다.

"어깨선이며 엉덩이까지, 아주 네 엄마를 쏙 빼닮은 몸
이구나."

뜬금없는 소리였다. 샤워기를 틀어 등에 대고 있는 나
에게 생각난 듯 그녀가 낮은 소리로 말했다.

"그게 무슨 말예요?"

나는 될 수 있는 대로 그녀와 눈을 마주치지 않도록 노
력하면서 건조한 음성으로 되물었다.

"그저 그렇다는 말이다. 네 엄마는 선이 고운 여자였지. 너 기억나지 않니? 한복 입은 모습 말이다. 태가 아주 고왔지, 나이를 먹어서도 말야. 그 가냘픈 목이며 어깨선 이란 정말 훔치고 싶도록 고왔었다."

그쯤에서 나는 더이상 그녀의 말을 듣고 싶지 않았다. 하필이면 그녀는 왜 이런 장소에서 어머니 이야기를 꺼내고 있는 것일까. 그것은 정말이지 장소에 어울리지 않는 화제였다. 나는 어머니에 관한 이야기는 어둑한 거실이나 말끔히 치운 저녁 식탁에서나 어울리는 것이라는 생각을 갖고 있었다. 어머니 이야기라면 아직도 내게는 조심스럽고 비밀스럽기까지 한 것이었다. 나는 이런 공중목욕탕에서 아무렇지도 않게 어머니의 이야기를 꺼내는 이모가 못마땅했다. 그 나이가 되도록 그녀는 왜 그런 사소한 것조차 깨닫지 못하는 것일까. 나는 짐짓 골을 내고 싶은 심정이었다.

이런 경우, 나는 내가 아무리 노력해도 좀처럼 이모를 좋아할 수 없을 거라는 생각이 든다. 노력을 해도 좋아질 수 없다면, 그냥 자연스럽게 내버려두는 게 가장 현명한 방법이다. 그것은 지난 수년간 이모와의 관계를 통해 내가 힘들게 얻어낸, 그러나 참으로 보잘것없는 결론이었다. 그녀와 익숙해지는 것은 처음부터 간단한 일이 아니었다.

그녀가 아버지와 내가 살고 있는 집에 온 지 얼마 되지 않았을 때 한번은 이런 일이 있었다. 햇살이 잦아들 무렵 나는 주방에서 저녁 식사를 준비하다가 울음소리를 듣게 되었다. 애써 숨을 죽인 듯한 그 울음소리는 그녀가 있는 방 안에서 새어나오고 있었다. 까닭 없이 긴장되는 것을 느끼면서 나는 방문을 열었다. 그녀는 방바닥에 쪼그리고 앉은 자세로 흐느끼고 있었다. 나는 그녀에게 왜 그러느냐고 묻지 않을 수 없었다. 눈물이 번진 흥건한 얼굴을 들어 그녀가 나를 쳐다보았다.

애, 글쎄 말이다. 어쩌면 이런 일이 다 있을 수가 있니. 최근에 남아프리카공화국에 있는 사파리 공원에서 어미를 잃은 두 살배기 암하마와 수소가 종족을 뛰어넘은 사랑에 빠져 있다고 하는구나. 한낱 짐승에 불과한 것들이 말이다. 그 예민한 것들……

그녀의 손에는 잘 가위질된 신문 조각이 들려 있었다. 나는 곧 호두처럼 단단하게 입을 다물고는 마치 그녀의 모습을 각인(刻印)이라도 하려는 듯 오랫동안 물끄러미 바라보기만 하였다. 그런 그녀를 보면서 나는 그녀와 내가 좀처럼 가까워질 수 없는 사이라는 것을 뚜렷이 깨달았다. 분명한 이유는 알 수 없었다. 어쨌거나 그때 나는 그 사실을 알아버렸던 것이다. 나는 가만히 방문을 닫고 그녀의 방을 나왔다. 그 며칠 뒤 그녀의 손에는 『동물은 무엇을 생각하는가』, 또는 『코끼리가 울고 있을 때』와 같은 책들이 들려 있곤 하였다.

나로서는 정말 이해하기 힘든 정서를 가진 여자였다. 그녀의 나이가 적어도 스물 몇이거나 서른 초반만 되었더라도 나는 어쩌면 그런 그녀를 쉽게 이해할 수 있을지도 몰랐다. 그러나 그녀는 올해 마흔여덟 살이었다. 그런 성향을 가진 그녀를 이해한다는 것은 나로서는 몹시 어려운 일이었다. 해서 나는 이제 우리가 가까워져야만 한다는 것에 더이상 집착하거나 미련을 갖지 않는다. 단지 우리는 그저 우연히 한 집에 기거하는 동거인에 불과하다는 생각을 갖고 있을 뿐이다.

"누가 그랬던가요. 사물들이 오목하게 물러설 때 욕망은 더욱 증가한다구요."

나는 이모의 말을 듣고 있지 않았다. 다만 얼른 이모의 입을 다물게 하고 싶다는 생각뿐이었다. 무턱대고 나는 이런 말을 내뱉었다.

"……대체, 그게 무슨 말이냐?"

"이를테면 겨드랑이나 옆구리, 귀의 오목한 형태 같은 것들 말예요."

딱히 그녀에게가 아니라 혼잣말을 하듯 나는 나직한 목소리로 중얼거렸다.

"여진아……"

"……"

할 수 없다는 듯 나는 그녀를 바라보았다. 나를 보고 있는 그녀의 눈에는 이상한 안타까움 같은 것들이 엿보이고 있었다. 나는 그만 눈을 내리깔고 싶었다.

"넌 가끔, 그래 아주 가끔씩, 도저히 내가 이해할 수 없는 말들을 하는구나."

아니에요 이모. 가끔씩 상대가 좀처럼 이해하기 힘든 말을 하는 건 제가 아니라 차라리 이모가 아닌가요. 이모는 자기 자신을 너무 모르고 있어요.

여전히 멀뚱거리며 나를 바라보고 있는 이모를 향해 나는 속엣말을 하였다. 그녀와 대화를 할 때면 나는 늘 냉소적이 된다. 그런 자신을 발견하는 것은 조금도 즐겁지 않은 일이다. 애써 그러지 말아야지, 마음을 다잡아도 그것은 그녀의 성향을 이해하려고 하는 것만큼이나 쉽지 않은 일이었다. 그녀와 조금이라도 대화라는 것을 하고 나서는 한 번도 유쾌한 기분이 들었던 기억이 없다. 아니, 내가 아주 어렸을 시절을 제외하고는.

그녀의 몸은 마흔여덟의 여자라고 하기에는 지나치게 젊다. 목욕탕 안의 모든 빛을 빨아들인 듯 피부는 새하얗게 빛나고 잘 발효된 카스테라처럼 부드러워 보인다. 부러 만져본 적은 없지만 탄력 또한 잃지 않았을 게 분명하다. 그녀의 몸을 힐긋거리며 그럴 필요가 없는데도 나는 수압을 끝까지 높여 샤워 꼭지를 흔들어대었다. 어어어, 어, 어어…… 어디선가 입술을 꼭 붙인 채 목으로만 웅얼웅얼하는 소리가 들리는 것 같았다.

"이봐요 아가씨, 아가씨!"

"저런, 여진아. 애, 저 아이한테 물이 튀고 있잖니. 좀 조심하지 않구선……"

그녀가 내 손에서 재빨리 샤워기를 빼앗아갔다. 맞은 편에 있던 젊은 여자가 당황한 얼굴로 나를 바라보고 있 었다. 어느새 내게서 샤워기를 치워버린 이모는 목욕탕 바닥에 타월을 괴고 누워 있는 뇌성마비 아이에게 다가 가 물이 튄 그애의 얼굴이며 목덜미를 마른 수건으로 닦 아주기 시작하였다. 세찬 물줄기가 사방으로 쏟아지면서 아이에게까지 튀었나 보았다.

입술이 뒤틀린 그 아이가 이모에게 무어라 웅얼거리는 소리가 들렸다. 그녀는 아이의 입술에 귀를 바싹 붙이고 서는 연신 고개를 끄덕여대며 아는 체를 하였다. 온몸의 뼈가 툭툭 불거져나온 아이의 여린 몸뚱이와 그녀의 탱 탱한 몸집이 한데 어울린 장면은 몹시 우스꽝스럽게 느 껴졌다. 아이의 젊은 엄마는 그녀가 아이와 함께 있는 것 을 보더니 그 틈에 잠시 온탕에 들어갔다. 나는 두서너 걸음 떨어진 곳에 서서 수압을 낮춰 샤워기를 틀었다.

거울을 들여다보다가 나는 내 왼쪽 눈 밑에 팥알만한 검은 자국을 보았다. 점일까. 지난 해부터 눈에 띄기 시 작하더니 이제는 점점 크기가 커지면서 눈에 띄게 거뭇 해지고 있었다. 화장을 해도 잘 가려지지 않아 부쩍 신경 이 쓰이고 있는 터였다. 나는 고개를 뒤로 젖히고 물줄기 를 맞으며 오래 그러고 서 있었다.

비누며 샴푸 따위를 바구니에 챙겨 넣다가 생각난 듯 고개를 돌려보았다. 뇌성마비 여자 아이가 목을 한쪽으로 꺾은 채 바닥에 놓인 음료수에 꽂힌 스트롱을 힘들게 빨아들이고 있었다. 아이 얼굴을 정성스레 닦아내고 나서 그녀가 사다준 것일 터였다. 구태여 몸을 돌려보지 않아도 이제 그런 것쯤은 쉽게 알 수 있다. 어쩌면 나는 이미 그녀에게 차츰 익숙해져가고 있는지도 모른다. 아이의 목울대가 한 번씩 움직일 때마다 굵은 스트롱으로 오렌지빛 음료가 빨려올라가는 것이 보였다.

나와 눈이 마주친 아이가 잔뜩 얼굴을 일그러뜨렸다. ……? 나는 조금 더 가까이 다가가 아이의 얼굴을 살펴보았다. 해사한 얼굴. 일곱 살? 여덟 살? 그쯤 되었을 법해 보였다. 얼굴이 그처럼 흉하게 일그러지는 것은 그 아이가 짓는 웃음 때문이라는 것을 조금 후에야 알아차릴 수 있었다. 아이는 스트롱을 빨아들이는 것이 힘겨운지 간간이 고개를 바로 세워 천장을 보면서 숨을 고르고 나서 다시 음료수를 마시곤 하였다.

아이 엄마와 그녀는 온탕 안에서 무슨 이야기를 나누고 있는지 제법 가까운 거리에서 두런거리고들 있었다. 중년의 그 뚱뚱한 여자들은 냉탕에서 허푸허푸 소리를 내며 얼굴과 등허리께를 문지르고 있었다.

나는 발로 아이의 왼쪽 귀 옆에 놓인 음료수 팩을 내쪽으로 조금 끌어보았다. 여전히 나를 바라보면서 얼굴을 일그러뜨린 그 아이가 음료수 팩 쪽으로 온몸을 움직거렸다. 내가 제게 장난을 하는 줄 아는 모양이었다. 스트롱에 아이의 입술이 닿으려고 할 때 다시 아이의 왼쪽 귀 옆에서 팩을 밀어내었다. 이번에도 아이는 유난히 길고 가느다란 팔과 다리를 버둥거리면서 스트롱이 꽂힌 팩을 향해 안간힘을 쓰며 다가오려고 하였다. 아이의 깨끗한 이마에 시퍼렇게 힘줄이 불거지는 것이 보였다. 음료수 팩과 아이의 입술이 닿는다고 생각한 순간, 이번에는 발로 팩을 멀찌감치 차버렸다. 그제서야 아이의 얼굴이 화석처럼 딱딱하게 굳어져버렸다. 나는 나를 바라보는 아이의 눈을 피하지 않고 똑바로 맞바라보았다. 아이의 눈에는 공포라고 말할 수 있는 것들이 어려 있었다. 나는 천천히 몸을 돌려 이미 다 쏟아져버린 음료수를 들어 아이의 왼쪽 귀 옆에 바로 세워주었다. 그리고 나서 아이를 향해 괴로운 듯 쓰게 미소지었다.

목욕 바구니를 다 챙기고 나서 나는 마지막으로 발을 헹구다가 잊고 있었다는 듯, 그 옛날 이집트의 여인들처럼 두 다리를 벌리고 서서 오줌을 누었다.

탕 안에 앉아 있는 그녀를 놔둔 채 혼자 목욕탕 유리문을 밀려다 말고 나는 다시 고개를 돌리지 않을 수 없었다. 아직도 여자 아이가 그 큰 눈동자로 나를 뚫어지게 바라보고 있었던 것이다. 등줄기가 서늘해지도록 영묘(靈妙)함이 느껴지는 눈빛이었다.

2. 브리오슈

'나무와 벽돌' 이층 창가에서 내려다보이는 거리는 누군가 일시에 시간을 끊어버린 듯 깊은 정적감이 느껴졌다. 아침부터 내리기 시작한 봄비는 여전히 그칠 줄 모르고 있었다. 신호를 기다리고 있는 좌석버스와 시내버스들은 건전지가 다 소모된 장난감처럼 일제히 정지해 있었다. 성능이 좋은 리모컨으로 작동시킨다고 해도 쉽사리 움직일 것 같지 않은 견고한 전경이었다. 간혹 맞은편 상업은행 건물 회전문으로 색색의 우산을 받쳐든 사람들이 몇몇 드나들기도 하였다. 오후가 시작되고 있는 거리는 마치 저녁 일곱시 같아 보였다. 길가 가로수 이파리 사이로 나무와 벽돌의 초록 네온이 거꾸로 반사되어 있었다.

나무에 매달려 있는 나무와 벽돌, 이라고 나는 조용히 읊
조려보았다.

　손님은 나 이외에 한 사람도 보이지 않았다. 아직 손님
이 들기에는 이른 시간이었다. 나는 흰 블라우스에 초록
색 에이프런을 두른 종업원에게 요구르트후르츠스쿼시
한 잔을 주문하고는 어디 저 먼 곳, 이를테면 강진이나
해남에서 금방 도착한 사람처럼 혼곤함을 느끼며 눈을
감았다. 세팅을 하고자 테이블 사이를 오가는 종업원들의
조심스런 발짝 소리가 배경 음악처럼 귓가를 툭툭 치고
있었다.

　요구르트후르츠스쿼시? 특별한 경우가 아닌 다음에야
나는 주로 커피를 마신다. 그런 내가 이런 딸기빛 음료를
주문하고 있다니. 그래 오늘은 어쩌면 특별한 날인지도
모르지. 한영원. 나는 아직도 당신 이름을 기억하고 있어.
아침에 일어나서 창문을 여는 순간 미치도록 당신이 보
고 싶었어. 그래서 서둘러 외출 준비를 하고 150번 버스
를 탔던 거야. 언젠가 그랬던 것처럼 조금은 설레이는 기
분으로 광화문 지하도를 건넜지. 일층의 크라운베이커리
를 거쳐 스무 개 계단을 올라 언젠가 당신을 마주했던 이
테이블로 천천히 걸어왔어. 우리가 다시 오기를 기다렸던
것처럼 이곳은 이 년 전 가을과 하나도 달라진 게 없어
보였어. 아, 페치카엔 장작이 타오르고 있지 않아. 그럴밖
에, 지금은 봄이 한창중이니까 말이야. 그런데 역시 당신

은 이곳에 없더군.

지금까지 그녀와 나는 꼭 세 번 만났다. 세번째 만남 이후 그녀는 나를 찾지 않았다. 나는 그녀가 지금 어디에 있는지 무엇을 하는지 그때나 지금이나 알지 못한다. 그녀에게 처음 전화가 걸려왔을 때 나는 그녀의 음성이 아주 낯익은 것에 놀랐었다. 그러나 그녀가 내게 전화한 사실에 대해서는 미리 어떤 예견이라도 하고 있었던 것처럼 비교적 담담한 심정이었다. 어쩌면 우리의 만남이 오히려 자연스러운 것이라고 생각했는지도 모른다. 그녀의 첫 전화는 아침 일곱시 정각에 걸려왔다.

그 무렵의 나는 새벽 다섯시나 여섯시쯤 간신히 잠이 들곤 하였다. 스물여덟의 불면은 참으로 심각한 것이었다. 새벽마다 우유를 따뜻하게 데워 마신다거나 천 마리의 양을 천 번도 더 넘게 세는 등 불면에 관한 내가 가진 상식을 모두 동원해보았지만 그리 간단하게 치유되지는 않았다. 화장실을 들락거리거나 물을 마시러 아래층으로 내려가면 때때로 이모나 아버지가 거실 소파에 우두커니 앉아 있고는 하였다. 어둠 속에서 짐승처럼 앉아 있는 그 검은 형상을 처음 발견했을 때 나는 적잖이 놀라지 않을 수 없었다. 하지만 그것도 곧 불면처럼 습관이 돼버리고 말았다. 어느 날은 흰 잠옷바람의 이모이거나 노란 등산용 조끼를 입고 있는 아버지였다. 나는 새벽마다 일종의 무언극을 관람하고 있다고 생각했다. 이무기처럼 우리 세 사람은 새벽마다 거실이나 주방을 어슬렁거리고 있었다.

어머니의 병세가 호전되기를 기다리고 있던 일월 초순의 일이었다. 어찌되었건 이른 아침에 전화를 받는다는 것은 정말이지 어색한 일이 아닐 수 없었다.

"한영원이에요."

수화기 건너편에서 한 여자가 대뜸 자신의 이름을 밝혔다. 청량감이 느껴지는 목소리였다. 나는 차근차근 머릿속을 뒤적거리며 그 이름을 기억해내려 애를 썼다. 한영원…… 그래, 나는 그 이름을 잘 알고 있지. 그녀라는 것을 알자 나는 궁지에 몰린 사람처럼 괜한 식은땀을 흘리며 수화기를 부여쥐고 있었다.

"충분히 신중하게 생각해봤어요. 강여진씨……"

"……듣고 있어요."

"우리, 한 번은 만나야 하지 않을까 싶어요. 꼭 그래야 할 필요는 없다는 생각도 하긴 했지만."

조용하지만 단호함이 배인 목소리였다. 특별히 거절해야 할 이유는 없었다. 어쩌면 오래 전부터 나는 나름대로 그녀의 모습을 상상하고 있었는지도 몰랐다. 나 역시 그녀에 대해 몹시 궁금해한 적이 있었으니까.

"……그래요, 그렇게 해요."

어디로 나가면 되느냐고, 나는 건조한 음성으로 물었다. 일부러 그런 것이 아니었는데도 내 목소리는 탁하게 갈라져 들려왔다. 나는 아랫입술을 지그시 물었다.

"혹시, 광화문에 있는 '나무와 벽돌'이란 곳 알아요?"

"……네, 알아요."

"그럼 일곱시에 그곳에서 만나요."

저녁 일곱시. 나무와 벽돌. 전화를 끊고 나서 나는 책상 위에 놓인 노트에 그렇게 메모했다. 다시 침대에 누웠지만 잠은 오지 않았다. 그녀와 내가 만나는 것을 상상해본 적은 있었지만 정말로 이렇게 그녀를 만나게 될 거라고는 한 번도 기대한 적이 없다는 것을 깨달았다. 드디어 오늘 그녀를 만난다…… 캄캄한 눈으로 시계가 여덟시를 지나는 것을 지켜보다가 나는 서둘러 주방으로 내려갔다.

"보니 부스."

"……?"

"보니 부스. 나는 가끔 그 여자를 생각하곤 해요."

권오창 화백이 그린 명성황후처럼 미간이 넓고 기다란 눈매를 가진 여자였다. 나는 물컵을 내려놓고 그녀 목언저리쯤에 시선을 두었다.

"언젠가 미국 인디애나주의 한 삼십대 여성이 발바닥의 굳은살을 제거하기 위해 엽총으로 자신의 발을 쏜 적이 있어요. 혹시 기억나요?"

그녀의 손등으로 시선을 내리며 나는 고개를 저었다. 유난히 푸른 정맥이 도드라져 있는 손이었다.

"물론 그 여자는 만취된 상태였어요. 보드카 한 병과

맥주 세 병을 마셨다고 하더군요. 그 정도면 충분히 취할 수 있는 양일 거예요. 처음에는 면도칼로 굳은살을 제거하려 했는데 여의치 않았나 봐요. 결국엔 자신의 뒤뜰에서 소형 엽총으로 발을 쏴버리고 말았대요."

"왜, 그랬을까요."

"그후로 그녀는 정신 감정을 받기 위해서 병원에 입원해 있다고 하더군요. 더이상은 나도 몰라요."

어째서 지금 그녀가 내게 이런 이야기를 하고 있는지 알 수가 없었다. 도무지 영문을 모르겠다는 뚱한 표정으로 그녀의 둥그스름한 이마께를 올려다보았다.

"가끔, 그래요. 아주 가끔 실은 나도 그러고 싶을 때가 있거든요. 여진씨는 자신의 신체 중에 어느 부분이 콤플렉스로 느껴지나요?"

아무렇지도 않게 사람을 당황스럽게 만드는 여자다. 나는 곤혹스럽다는 듯 약간 이맛살을 찌푸리며 천천히 커피를 한 모금 마셨다. 신체의 어느 부분……? 얼굴이 달아오르는 것을 느끼며 한쪽 뺨에 손바닥을 가져갔다. 머릿속이 온통 뒤엉키는 것만 같았다.

"……"

"나는 발바닥이에요. 그 부분에 유난히 굳은살이 많아요. 그래서 굳은살이 전혀 없는 여자들의 둥근 뒤꿈치를 볼 때마다 흥분이 되곤 해요. 구두를 잘못 신어서 그런 것 같기도 하고. 언제나 칠 센티미터 이하의 굽이 달린 구두는 신지 않거든요. 아무튼 발바닥이 굉장히 딱딱한 편이에요."

그쯤에서 그녀는 말을 마치고 후르륵 소리내어 깊은 숨을 내쉬었다. 마치 자신도 왜 그런 이야기를 하고 있는지 모르겠다는 얼굴로.

"그저 단순한 피부질환인지도 모르잖아요. 피부과에 한번 가보는 게 어때요."

나도 그런 적이 있었어요. 지금은 괜찮아지긴 했지만, 왼손 때문에…… 그래서 피부과엘 갔었어요. 나는 그날을 잊을 수가 없어요. 우리는, 그날 처음 만났거든요. 당신이 사랑하는 그 남자 말예요.

뒤엣말은 하지 않았다. 요구르트후르츠스퀴시가 든 잔을 한 번 빙그르 돌리더니 그녀는 가방을 뒤적거려 담배를 꺼냈다. 쿨 라이트였다. 유황이 나쁜 탓인지 세번째 성냥을 그었을 때 겨우 불이 붙었다. 근처에 직장을 가진 사람들이 퇴근 후 즐겨 찾는 장소인지 나무와 벽돌에는 이제 빈 테이블이 보이지 않았다. 시간은 얼추 일곱시 사십분을 가리키고 있었다. 한쪽 구석에 놓인 페치카에서는 잘 마른 장작이 탁탁 소리를 내며 타오르고 있었다. 초록빛 테이블보 위로 담뱃재가 떨어지는 것을 보며 나는 때 아닌 공복감을 느꼈다.

그녀는 요구르트 소스와 어울린 동양풍의 닭고기 스테이크를, 나는 쇠고기 토마토 소스를 얹은 보로냐 스파게티를 주문했다. 요구르트를 좋아하는 여자라고 단정했다.

"참 아이러니한 일예요."

두서 없이 말을 시작하는 여자다. 나는 조금씩 긴장감을 풀며 의자 뒤로 좀더 편안하게 기대어 앉았다.

"이 집, 나무와 벽돌에 있는 저 나무들은 모두 조화예요. 그렇게 안 보이죠?"

나는 그녀가 가리키는 데로 시선을 던졌다. 일층 크라운베이커리에서 올라오는 스무 개의 계단마다 베고니아 화분이 놓여 있고 실내 군데군데 키 큰 벤자민이 자리잡고 있었다. 방금 물걸레로 깨끗이 닦고 스프레이를 뿌린 듯 싱싱해 보였다. 전혀 조화로는 느껴지지 않았다.

"정말 저게 다 가짜라구요?"

"믿기지 않죠? 글쎄 그렇다니까요. 믿어지지 않으면 한번 만져봐요."

"약간 우습다는 생각이 드네요. 나무와 벽돌의 나무는 모두 가짜라니……"

그녀와 나는 아주 익숙한 사이처럼 제법 낄낄거리기까지 하며 스테이크를 자르고 스파게티를 먹었다. 그녀를 마주하고 있는 나 자신조차도 우리가 오늘 처음 만난 사이라는 것을 문득 문득 잊어버리고는 하였다. 흡인력을 느끼게 하는 여자였다. 요구르트를 좋아하는 그녀는 드레싱이 듬뿍 끼얹져진 야채 샐러드에는 손도 대지 않았다. 나는 느릿느릿 샐러드와 스파게티를 먹었다.

"어째서 피망은 모두 남기는 거죠?"

종업원이 접시를 치워갈 때 샐러드 접시를 내려다보며 그녀가 의아하다는 듯 눈을 둥그렇게 뜨고 내게 물었다. 청정한 눈빛이었다.

"뭐, 특별한 이유는 없어요. 그냥 쓴 맛이 싫어서요."

"피망엔 비타민C가 아주 많이 함유되어 있어요. 여진 씨같이 눈가가 검고 피로해 보이는 사람들이 먹으면 도움이 될 텐데……"

이모처럼 잡다하게 아주 많은 것을 알고 있는 여자라는 생각이 들었다. 나는 그저 소리없이 웃으며 그녀가 새 담배에 불을 붙이는 것을 지켜보았다.

자갈을 입에 문 사람처럼 그녀는 줄곧 침묵을 고수하면서 내 등 너머 어디쯤에 시선을 두고 멍하니 앉아 있었다. 견디기 힘든 침묵이었다. 시간은 그새 아홉시를 향하고 있었다. 식은 커피잔을 만지작거리다가 나는 그녀 앞으로 조그만 상자를 내밀었다. 뭐예요 이게? 그녀의 얼굴이 물었다.

"브, 브리오슈예요."

"브리오슈? 그게 뭔데요?"

"프랑스 사람들이 즐겨 먹는 대표적인 과자빵이에요. 버, 버터와 달걀이 많이 들어가서 촉촉하고 그리고, 몹시, 그래요 몹시 부드러운 게 특징이지요."

까다로운 시험관 앞에서 구두 시험을 치르는 사람처럼

나는 진땀을 흘리고 있었다. 내가 듣기에도 내 목소리는 몹시 떨리고 있었다.

"왜 내게 이걸 주는 거지요?"

"꼭 오뚝이처럼 생겼어요. 찌그러지지 않고 균일한 모양으로 균형을 잘 잡아서 만드는 게 중요해요…… 윗부분을 떼어내고 속에 삶아 으깬 감자와 잘게 다진 파슬리를 마요네즈에 버무려 넣고 그 위에 딸기를 얹으면, 아주 훌륭한 스터프브리오슈 샌드가 돼요."

"……여진씨."

끊임없이 쿨을 피워대면서 그녀가 내 이름을 나직하게 불렀다. 테이블 이곳저곳에 담뱃재가 떨어지고 있었다.

"여진씨, 나는 여진씨가 그를 붙잡아두길 바래요."

나는 가방에서 손수건을 꺼내 땀이 흥건한 손바닥을 닦았다.

"……잠이 오지 않았어요. 아침에…… 영원씨 전화를 받고 나서 도저히 더이상 잠을 잘 수가 없었어요. 내가 만든 거예요. 그저 그냥, 당신에게 주고 싶다는 생각을 했어요."

"나는 빵 따위는 먹지 않아요."

"그 사람이 말하지 않던가요? 우리는, 아니 우리는 이제 더이상 우리가 아니에요. 이미 헤어졌어요. 그는 벌써 내 곁을 떠난 지 오래예요. 내 인생은 이제 그 남자와 아무런 관계가 없어요."

"……미안해요. 나는 빵을 좋아하지 않아요. 구태여 이 걸 가져가고 싶지도 않구요."

"상관없어요."

"……"

"정말 상관없어요."

광화문 지하도로 내려가는 입구에서 그녀는 내게 악수를 청했다. 나는 내게 내밀어진 그녀의 손을 한동안 바라보다가 서툴게 마주 잡았다. 휘핑한 계란 흰자처럼 부드러운 손이었다. 그녀는 내게 다시 만날 수 있느냐고 물었다. 나는 우리가 만나는 건 오늘처럼 그와는 아무런 연관이 없는 거라고 생각했다. 잠시 그대로 서 있다가 고개를 끄덕였다. 이윽고 그녀는 한 편의 추억도 갖고 있지 못한 사람처럼 메마른 얼굴로 걸음을 옮기기 시작했다. 그녀가 불이 밝혀진 지하도로 내려가는 것을 보면서 나는 문득 그녀의 발바닥이 보고 싶다는 생각을 했다. 그건 정말이지 느닷없는 충동이 아닐 수 없었다.

그녀의 모습이 사라지자 나는 그녀가 내려갔던 계단을 하나씩 하나씩 밟으며 지하도로 내려섰다. 외투 깃을 단단히 여민 사람들이 자꾸만 내 어깨를 부딪고 지나쳐갔다. 지하도 바닥에 자리를 깔고 앉아 신문을 팔고 있는 노파에게 다가가 나는 석간 신문을 한 장 사고는 슬며시 종이상자를 내려놓았다. 뒤에서 행여 누가 내 이름을 부를세라 뛰듯이 걸음을 옮겼다. 그러나 지하도를 다 빠져

나올 때까지 아무도 나를 소리쳐 부르지 않았다.

그래, 그랬겠군. 당신은 가끔 발바닥에 굳은살이 많은 여자와 그리고 한쪽 젖가슴이 함몰 유두인 여자와 번갈아가며 습관처럼 섹스를 했을 테지. 그랬군, 당신은……

150번 버스에 올라 나는 왼쪽 젖가슴에 손을 대고는 자꾸만 어두워져가는 시내 거리를 망연히 바라보고 있었다. 그러나 이 세상 어느 곳에도 완벽한 어둠이란 존재하지 않는 듯 보였다. 버스가 한 번씩 심하게 흔들릴 때마다 나는 내 안의 무엇인가가 자꾸만 불안정해져가는 것을 느꼈다. 그때 나는 스물여덟이었고 바람이 몹시 부는 일월의 어느 날이었다.

3. 크루아상

　그 무렵의 어머니는 삶에 대해 그 어떤 미련 같은 것도 없는 성싶어 보였다. 어머니와 나는 간혹 거실에서 마주치고는 하였다. 그럴 때마다 어머니에게서는 내가 함부로 소리내어 물어볼 수 없는 비장한 슬픔 같은 것이 느껴지고는 하였다. 한동안 나는 어머니에게서 풍기는 처연함과 고독에 대해 분석하고 싶어했으나 곧 그 노력을 단념하지 않을 수 없었다. 그것은 어머니가 가진 병(病)과는 전혀 무관해 보였기 때문이었다.

　어머니는 몸 속에 번지고 있는 암세포를 발견하기 이전부터 늘상 이곳이 아닌 저기 어디 먼 곳에 시선을 두는 시간이 많았다. 마치 자신의 모든 생(生)을 부정하면서 시간의 흐름을 거슬러 올라가고 싶은 사람처럼 보였던 것이다. 그것은 지금도 내가 어머니를 기억할 수 있는 가장 선명한 모습이다. 식물처럼 가는 목을 길게 늘이고 창가를 서성이고 있는 그녀의 뒷모습을 지켜볼 때마다 나는 까닭 없이 가슴이 타오르는 것을 느꼈다. 누군가 등뒤에서 그녀를 불러 세우지 않는다면 그대로 훌쩍 창 밖으로 몸을 날리거나 새벽이 지나 아침이 되도록 그 자리에서 꼼짝도 않고 서 있을 것만 같았기 때문이었다. 아침이면 종종 안락의자에서 잠들어 있는 어머니를 발견한 적도 있었다. 그러나 나는 어머니를 불러 세우지는 않았다. 나를 그냥 내버려 둬. 그녀의 온몸이 그렇게 말하고 있었던 것이다. 나는 될 수 있으면 기척을 내지 않고 어머니의 등뒤를 지나다녔다. 그것은 아버지도 마찬가지였다. 어쩌다 부러 발소리를 내어도 그녀는 돌아보지 않았다. 나는 그런 어머니가 두려웠다.

나는 아직도 어머니와 내가 마지막으로 대화를 나누었던 그 시간들을 기억하고 있다. 그것은 내 인생에 있어서 한사코 버팅기며 나를 놓아주지 않는 몇 안 되는 추억의 순간들 중 하나이기 때문이다.

그녀는 그때 위를 완전히 제거한 상태였고 사분의 일쯤 간도 잘라낸 후였다. 더이상 치료가 불가능한 지경이었다. 어머니의 담당의사는 퇴원을 하는 것이 좋겠다고 하였다. 아버지나 이모 그리고 나는 그녀에게 남은 시간이 어느 정도나 되는지 아무도 묻지 않았다. 그것은 오직 어머니 자신만 알고 있어야 하는 거대한 비밀처럼 느껴졌던 것이다. 어머니는 그 사실을 다른 사람들이 아는 것을 원치 않았던 것 같았다.

어머니가 병원에 있는 동안 줄곧 병실을 지켰던 것은 내가 아니라 이모였다. 어머니는 내가 병실에 드나드는 것을 좋아하지 않았다. 이모를 제외하고는 곁에 아무도 두려 하지 않았다. 어째서 어머니가 아버지나 당신의 하나밖에 없는 딸인 나를 거부했는지 그건 정말이지 아직도 잘 납득할 수 없는 일이다. 어쨌거나 어머니가 입원해 있는 동안 아버지와 나는 그녀로부터 철저히 거부당했다. 참을 수 없는 외면이었다. 이십팔 년을 함께 살아왔지만 나는 그런 어머니를 이해할 수 없었다.

이건 정말 이상한 관계예요, 엄마.

삼십 킬로그램대로 살이 내리고 있는 그녀에게 어느 날 나는 그동안 참고 있던 화를 내려는 듯 그렇게 말했다.

관계?…… 관계라고 했니, 너 지금.

어머니는 조용히 고개를 들어 나를 바라보았다. 저 깊이를 헤아릴 수 없는 눈. 나는 잠시 아득한 현기증을 느꼈다.

여진아, 네가 무슨 말을 하려는지 모르는 건 아니다. 다만 아직 네 나이에는 이해할 수 없겠지만, 모든 관계는 만질 수 없는 거란다. 너는 자꾸만 만지고 확인하고 싶겠지만 글쎄…… 부질없는 거다. 그리고 이제 나는 만질 수 있는 것에 대해 별 미련이 없구나.

나는 유언을 하듯 깊고 분명한 음성을 내고 있는 그녀를 쳐다보았다. 우리는 마주 앉아 있었다. 그러나 그때, 나는 완전히 혼자라는 것을 깨닫고 말았다.

저는 고독해요 엄마.

나는 마지막으로 투정 부리듯 그렇게 말했다. 괜한 말이 아니었다. 어머니는 쓸쓸히 미소지었다. 참으로 공허한 웃음이었다. 그리고 그것이 내가 본 어머니의 마지막 웃음이었다.

애야, 그런 말은 함부로 하는 게 아니다…… 죽음과 만나지 않은 고독이란 고독이라고 말할 수 없는 거란다.

죽음과 만나지 않은 고독. 심장을 찌르고 지나가는 말이었다. 어쩌면 그것이 죽음에 임박한 어머니가 전 생을 통해 얻어낸 결론이었는지도 몰랐다. 나는 오랫동안 그 말을 기억하고 싶었다.

어머니는 그다지 말이 없는 편에 속하는 사람이었다. 그러나 그날 어머니와 나는 꽤 오랜 시간 이야기를 나누었던 걸로 기억한다. 어머니는 한사코 거부했지만 그날 나는 어머니가 자리에 드는 것을 도와주었다. 다른 때 같았으면 어머니의 심경을 헤아려 나를 방 안에서 밀어냈을 이모도 그날만큼은 가만히 내버려두었다. 어머니의 방문을 닫고 나오면서 나는 이제 그녀의 생이 얼마 남지 않았다는 것을 느꼈다. 그런 것은 누가 가르쳐주지 않아도 저절로 깨달아지는 것이었다. 그제야 애써 이유를 찾아낸 듯 나는 울음을 터뜨리고 말았다. 어머니는 그후 사흘 뒤 잠자듯 돌아가셨다. 조용한 죽음이었다.

그토록 위가 나빠지기 전에 어머니는 언제나 우유 한 잔과 두 개의 크루아상으로 아침 식사를 하곤 하였다. 늦은 아침에 눈을 부비며 아래층으로 내려가면 식탁에 홀로 앉아 크루아상을 들고 있는 어머니의 모습을 볼 수 있었다. 햇살이 가득한 고요함 속에 크루아상의 버터 냄새는 이루 말할 수 없이 달콤했으며 그것은 참으로 평화로운 풍경이었다.

집 근처에 있는 제과점에서 아침마다 배달되어 오는 따뜻한 크루아상에 어머니는 가끔 야채나 과일을 이용해서 내게 색다른 크루아상을 만들어주기도 하였다. 치즈와 버터를 거품기로 잘 저어서 빵에 바르고 양상추와 양파를 넣은 어니언크루아상샌드위치, 깻잎, 방울토마토, 채 썬 햄을 넣은 햄크루아상샌드위치. 납작하게 썬 당근, 피망, 피클을 넣은 피클크루아상샌드위치 등 어머니가 크루아상을 응용해 만들 수 있는 샌드위치는 열 가지도 넘었다. 나는 그 중에서도 양상추와 납작하게 썬 키위나 딸기를 넣은 과일크루아상샌드위치를 특히 좋아하였다. 어머니는 내가 먹을 크루아상에 치즈를 빼는 것을 잊지 않았다. 내가 치즈를 즐겨 먹지 않았기 때문이었다. 어머니는 아무것도 넣지 않은 따뜻한 크루아상의 부드러움을 즐겼다. 그때만 해도 나는 어머니에게 이건 정말 이상한 관계예요, 라고 말하지 않아도 되는 시절이었다. 이만하면 우리는 충분히 행복하다고 생각했던 것이다.

어느 날인가부터 내가 먹을 크루아상에 치즈가 끼워져 있는 것으로 내가 믿었던 그 행복에 차츰 금이 가기 시작했다. 어머니는 더이상 크루아상을 먹을 수 없게 되었고 아침에 식탁에 앉은 그녀의 모습도 점차 볼 수 없었다. 그 대신 아침 식탁에서 나는 그녀의 눈썹을 닮은 이모를 마주치게 되었다.

어머니가 살아 있었다면 나는 아침마다 버터와 우유를 듬뿍 넣은 터키 국기 모양의 크루아상을 만들었겠지. 그녀가 원한다면 달팽이 모양이나 바람개비 모양으로도 만들어주었을 텐데. 그러나 지금 그녀는 이 세상에 없다.

앞으로는 이모와 함께 살아야 한다.

이해하기 힘든 말이었다. 나는 어머니 얼굴을 난생 처음 보는 양 물끄러미 들여다보았다. 이모는 지금도 아버지와 어머니 그리고 나와 함께 살고 있는데 이건 무슨 말인가. 결혼에 실패한 이후 내내 혼자 살고 있던 이모는 어머니의 병명이 밝혀지자 우리가 살고 있는 집으로 들어오게 되었다. 어머니의 간곡한 뜻이기도 했다. 이모는 내켜하지 않았으나 병색이 짙어지는 어머니를 외면할 수는 없었던 모양이었다. 나도 어머니를 거들어 이모를 설득했다. 어머니가 자리에 누워 지내는 시간이 길어지자 이모는 아버지와 나의 식탁을 준비하는 등 집안 살림을 도맡고 있었다. 그렇게 지낸 지 벌써 사 년이 지나고 있던 터였다. 나는 어머니가 지나가듯 툭 던진 그 말 뒤에 숨겨진 의미를 해석하고자 애를 쓰지 않을 수 없었다. 어머니 표정은 중세의 수도승처럼 딱딱해 보였다.

그게, 무슨 말씀이에요?

어머니와 같은 병실을 쓰고 있던 다른 환자는 보이지 않았다. 그 여자는 심근경색으로 치료를 받고 있는 중이라고 했다. 어쩐 일인지 늘상 병실을 지키고 있는 이모 또한 보이지 않았다. 모든 사람들이 어머니와 나의 그날의 짧은 만남을 위해 일부러 자리를 비켜준 것은 아닌가하는 생각이 들 정도였다. 저녁이 몰려들고 있는 병실은 어두웠고 마치 작은 상자 속에 들어와 있는 듯한 안락감마저 느껴졌다. 그러나 어머니 얼굴에는 알 수 없는 그늘이 드리워져 있었다. 나는 불현듯 내 어깨 위로 두려움 같은 것들이 쌓이고 있는 것을 눈치챘다. 어머니가 죽음을 준비하고 있구나. 그래서 저런 알 수 없는 말들을 하고 있는 거라고 단정했다.

내가 먹을 크루아상에 치즈를 빼는 것을 잊어버리기

시작한 이후 어머니의 사고는 눈에 띌 만큼 급속히 흔들리기 시작했다. 때때로 화장실을 찾지 못해 당혹스런 표정으로 이방 저방 기웃거리기도 하였다. 어머니는 살아 있는 상태로 조금씩 죽어가고 있었던 것이다. 죽음에 한 발 한발 다가서는 어머니를 바라보는 것은 고통스러운 일이었다. 나는 어머니가 그 누구보다도 정결한 죽음을 맞이하기를 간절히 기원하고 있었다. 죽음을 준비하는 대부분의 사람들처럼 어머니는 비교적 침착해 보였고 그 모습은 병실에 꽂혀 있는 백색 장미꽃보다 훨씬 압도적인 아름다움을 느끼게 하였다. 가혹한 아름다움이었다.

어머니는 나의 물음에 대꾸하지 않았다. 그러나 나는 그녀에게 다시 되물을 수가 없었다. 내가 그러는 것이 자꾸만 어머니의 죽음을 재촉하는 거란 생각이 들었기 때문이었다.

이제부터 모든 일은 이모가 알아서 할 거야. 네가 이 집을 떠날 때까지.

습기가 묻어 있는 목소리였다. 어머니는 말을 하는 것이 힘에 겨운지 한동안 숨을 크게 몰아 쉬었다. 나는 그녀 손등에 내 손을 포개었다. 어머니 손은 약간 미지근했고 이마에서는 미열이 느껴졌다. 나는 알았다는 표시로 가만가만 고개를 끄덕였다. 어머니는 한동안 뚫어져라 내 눈을 들여다보았다. 아무것도 해석할 수 없는 텅 빈 얼굴이었다. 이윽고 어머니는 눈을 감고 깊은 잠에 빠져들었다. 병실은 관(棺)처럼 어두워져갔다.

병실을 나오다가 나는 복도 의자에 앉아 있는 이모를 보았다. 나는 이모에게 어머니가 내게 당부한 말을 전하지 않았다. 구태여 그럴 필요를 느끼지 못했던 것이다. 나는 이모를 그냥 지나쳤다. 이모는 무슨 생각에 잠겨 있었던지 나를 의식하지 못하는 것 같았다. 복도 끝까지 걸어나와서 나는 훌쩍 뒤를 돌아보았다. 그때까지도 이모는 석상처럼 꼼짝도 않고 그대로 앉아 있었다. 그런 이모의 모습은 창가에 앉아 있던 어머니와 매우 흡사해 보였다. 그러나 이모는 결코 어머니와 닮은 사람이 아니었다.

어머니의 장례식이 끝나자 아버지는 순식간에 영혼을 도둑맞은 사람처럼 허깨비 같은 모습으로 휘적휘적 방으로 들어가 한동안 나오지 않았다. 이모는 주방 옆에 비어 있던 방으로 짐을 옮겼고 나는 여전히 혼자 이층에 남아 있었다.

지금 나는 백여든 종류가 넘는 빵과 제과를 자유자재로 만들 수 있게 되었지만 단 한 번도 내 손으로 크루아상을 만들어본 적은 없다. 제빵기술사 실기시험을 치르던 날. 흰 마스크를 쓴 감독관이 칠판에다 크루아상, 이라고 쓰는 것을 보고 나는 미련없이 가방을 챙겨들고 집으로 돌아와버리고 말았다.

4. 화이트케이크

"아토피성 피부질환이군요."

내 손바닥과 손등을 몇 차례 뒤집어 살펴보던 의사가 대수롭지 않다는 투로 말했다. 젊지도 늙지도 않은 의사의 입에서는 쿰쿰한 냄새가 풍겨났다. 짙은 쌍꺼풀 수술 자국 위로 연둣빛 아이섀도가 발라져 있었다. 한눈에도 몹시 촌스러워 보이는 여자였다. 촌스러워 보이는 여자는 아마도 대개 게으른 여자일 터이다. 나는 게으른 사람을 좋아하지 않는다. 나는 등을 뒤로 젖히면서 이마를 찡그렸다.

"습진이 아니구요?"

"습진요?"

"네, 저는 그냥 단순히……"

"아, 그러니까, 일테면 습진을 가장한 아토피성 피부질환이라고 할 수 있겠군요."

자신의 표현이 썩 흡족하다는 듯 의사는 입술을 길게 벌려 웃었다. 나는 의사가 버려둔 내 왼손 손바닥을 마치 내 것이 아닌 양 낯설게 들여다보았다. 수많은 미세한 손금들 위로 잿빛 각질들이 번져 있었다.

"그럼 곧 괜찮아질까요?"

나는 담담하게 물었다. 의사는 선뜻 대답하지 않았다. 나는 초조해져서 의사의 가운 앞섶에 달린 명찰을 바라보았다. 李順德. 소박한 이름이었다. 그런데도 나는 어쩐지 웃음이 비어져 나올 것만 같았다.

"글쎄요. 이건 뭐 특별한 치료법이 있는 게 아니라서요. 원래 상태로 돌아갈 수는 없겠지만 지속적으로 연고를 바르면 더 번지거나 딱딱해지지는 않을 거예요."

사람을 불쾌하게 만드는 입내였다. 나는 자꾸만 이마를 찡그리고 또 찡그렸다.

언제부터인지 손마디에 굳은살이 박이더니 점점 갑충류의 그것처럼 딱딱해져갔다. 특별히 손을 써서 하는 노동도 없는데 손바닥이 허물어지고 누렇게 살갗이 일어나면서 세로로 골 깊은 주름들이 생겨나기 시작했다. 그저 습진 정도겠지, 이러다 말겠지, 했는데 일 년쯤 그대로 내버려두자 내 왼손은 그야말로 농부의 아내처럼 거칠어져버렸다. 여기저기 툭툭 굳은살이 박여 옹이가 지고 급기야는

지문도 뭉개질 만큼 각질이 굳어지고 있었다. 나는 그런 왼손을 바라보면서 차라리 오른손이 아닌 게 다행이라고 생각했다. 나는 지금도 낯선 사람 앞에서 왼손을 감추려드는 버릇을 고치지 못하고 있다. 아토피성 피부질환. 병원을 나오면서 나는 또박또박 내 왼손의 병명을 소리내어 발음해보았다.

그걸 알아야 해. 당신은 어쩌면 헛것을 만나고 있는지도 몰라. 언제 사라져버릴지 모르는. 나는 내 자신이 누군지 모르고 있어.

조금은 신경질적으로 들리는 목소리였다. 나는 그가 자신을 비웃고 있는 거라 생각했다. 그리고 나는 그의 그런 말 뒤에 그가 채 하지 못한 말을 직감적으로 알아차렸다. 나는 그런 인간이야…… 나는 그가 눈치채지 않기를 바라며 소리없이 웃었다. 그러나 나는 그 말의 의미를 전혀 눈치채지 못하고 있었다. 그 무서운 의미를. 그 지독한 뜻을.

어쨌거나 그때, 나는 내 삶 속에서 지금까지와는 다르게 내 삶을 변형시켜 보고 싶은 아주 강렬한 욕망을 느끼고 있었다. 그러면서도 여전히 한 발은 들고 서 있는 엉거주춤한 상태였다. 그때 스물여섯 살. 나는 아직 그런 나이였다. 무얼 해도 막연한 나이. 서른도 아니고 스물둘도 아닌. 중간은 아름답지 않다. 언제나 주변을 서성거릴 수밖에 없으니까. 여자 나이 스물다섯이 지나면 적어도 가능한 꿈과 이젠 버릴 수밖에 없는 꿈들에 대한 경계는 있어야 했다. 그 경계에 있어서도 나는 모호한 상태였다. 그를 만나던 그해 여름, 나는 참으로 모호하기 그지없던 스물여섯 살이었던 것이다.

피부과에서 나와 숙대 입구까지 나는 꽤 느린 속도로 걸어갔다. 집으로 가는 길. 여름날의 저녁은 더디 오게 마련이다. 짧은 반바지를 입은 여자들이 선글라스를 끼고 거리를 활보하고 있었다. 느리게 걸음을 옮기면서 나는 실내가 환히 보이는 베스킨라빈스에서 초록색 민트칩 아이스크림을 먹고 있는 아이를 보았고 누군가 일부러 뜯어낸 듯한 'ㅑ 히로시마'의 연극 포스터를 지나치기도 하였다. 저 연극의 제목은 '내 사랑 히로시마'일 터였다.

옷을 파는 상점의 쇼윈도 앞에서 나는 잠깐 걸음을 멈추고 푸른 가발을 쓴 마네킹을 물끄러미 올려다보았다. 더위에 지친 마네킹의 표정은 조금 사나워 보이기도 했다. 아직 코디네이터의 손이 거치지 않았는지 마네킹의 윗몸은 벌거벗겨진 상태였다. 하와이안 풍의 폭이 좁고 긴 치마만 걸치고 있는 마네킹은 약간 우스꽝스럽게 느껴졌다. 나는 쇼윈도에 고개를 들이밀고 마네킹의 가슴을 올려다보았다. 뾰족해 보이는 분홍빛 유두였다. 그 안쪽에서 어깨끈만 달린 작은 상의를 들고 이쪽으로 걸어오고 있는 여자를 보면서 나는 쇼윈도 앞을 벗어났다. 만져보고 싶은 젖가슴이었다.

어쩐 일인지 택시는 쉽사리 잡히지 않았다. 여섯 대째

의 택시를 놓치고 나는 어렵게 합승을 하게 되었다. 한번 몰려들기 시작한 여름날의 저녁은 이제 성큼성큼 큰 걸음으로 다가오고 있었다. 몹시 건조한 날씨였다.

"늘 상복부에 통증이 있고 불쾌하시죠? 가스가 차고 팽만감이 있지 않습니까?"

"아, 예예. 어떻게 그렇게 잘 아십니까? 속이 메스껍고 자주 헛구역질이 나기도 하죠. 저는 그저 단순히 소화불량이라고 생각했는데요."

"꼭 그런 건 아닙니다. 그런 증세 때문에 왜 소화불량이 되는지는 아직 의학적으로 뚜렷하게 밝혀지지 않고 있어요. 아저씨처럼 원인을 찾기 어려운 증상을 기능성 소화불량이라고 부르죠."

내가 택시에 오르기 이전부터 그들은 그런 종류의 대화를 나누고 있었던가 보았다. 그런 화제는 차라리 선거에 대한 이야기나 혹은 한낮에 택시 기사를 유혹한다는 중년 부인들에 대한 이야기보다는 참을 만한 것이었다. 그런 종류의 대화는 짜증스러울 뿐이다. 뒷좌석에 앉은 남자의 목소리는 제법 굵고 강한 어조였다. 택시 기사는 연신 앞거울을 통해 남자를 힐끔거렸다. 택시는 한강다리를 지나고 있었다. 나는 두통을 느끼며 창 유리를 조금 열었다. 바람은 한 점도 들어오지 않았다.

"아저씨 같은 사람은 체질의학적으로 보자면 태양복합 체질인 것 같습니다."

"허, 거 대단히 어렵구만요."

"병원 약이나 한방을 백방으로 써봐도 도무지 낫지 않을 겁니다. 채식이나 소식을 하셔야 해요, 만수무강하고 싶으시다면."

"그 태양복합체질이란 어떤 겁니까 대체."

택시는 이제 막 상도터널 입구로 진입하고 있는 중이었다.

"그 체질의 사람들은 대부분 창의력과 직관력이 발달해 있죠. 늘 생각이 많고 이상이 높아요. 현실타협보다는 원리원칙을 고집하구요. 실리보다 명분을 찾고 자신의 가치관과 자존심을 중히 생각하는 타입이라고 할 수 있죠."

"참, 알아듣기 힘든 말입니다그려."

"협심증이나 뇌졸증이 발생하기 쉬워요. 아저씨는 앞으로 십 년만 더 지나면 지금보다 허리 사이즈가 배는 늘어날 겁니다, 틀림없이."

"농담이시겠죠."

"고혈압과 당뇨를 조심하세요."

택시는 숭실대학 입구를 지나 봉천고개를 오르고 있었다. 두통은 점점 심각해지고 있는 지경이었다. 나는 의자 등받이에 머리를 기대었다.

"손님, 혹시 직업이 거 뭐, 체질의학연구가쯤 되시나 부죠?"

"저요? 아닙니다."

"그럼······?"

"저는 직업이 없습니다."

"······"

오천원에서 사백원을 거슬러 받고 나는 택시에서 내렸다. 제법 체질의학전문의 같아 보였던 뒷좌석의 남자도 목적지가 그 곳이었던가 보았다. 거스름돈을 기다리면서 남자와 나는 스치듯 짧게 눈이 마주쳤다. 특별한 인상을 남기지 않는 얼굴이었다. 평범하군, 목소리에 비하면 말이야. 거스름돈을 받고 돌아서며 나는 그렇게 생각했다. 전혀 체질의학전문의 같아 보이지 않는 생김새였다. 검게 그을린 얼굴. 색 바랜 청바지에 파란 여름 잠바. 모자 하나만 눌러쓰면 그대로 프로야구 감독 같아 보일 남자였다. 그 짧은 순간에 나는 많은 것을 보아버렸다.

나는 서둘러 시장 입구로 들어섰다. 시장 입구를 벗어나 골목으로 접어드려는데 문득 내 뒷덜미를 잡아당기는 것이 있었다. 나는 후딱 고개를 돌렸다. 조금 전에 택시에서 함께 내렸던 그 남자가 내 뒤에서 뚜벅거리며 걸어오고 있었다. 고개를 숙이고는 뭔가 깊은 생각에 잠긴 듯한 모습이었다. 나는 좀더 걸음을 재촉했다. 왼쪽 골목으로 들어섰다. 여전히 등뒤에서 그 남자의 걸음 소리가 들려오고 있었다. ······? 나는 당황스러워졌다.

목련이 있는 첫번째 집. 골목에는 나와 그 남자뿐이었다.

라일락이 있는 두번째 집. 가로등도 꺼져 있었다.

등나무가 있는 세번째 집. 남자가 점점 다가오고 있었다.

네번째 집. 나는 성급히 벨을 눌렀다. 누르고 또 눌렀다.

등뒤에서 무슨 기척이 느껴졌다. 나는 고개를 돌리지 않을 수 없었다. 그 남자가 잠바 주머니에서 열쇠를 꺼내들고는 물끄러미 나를 바라보고 있었다. 대문이 열렸다.

"안 들어가십니까?"

남자가 도로 열쇠를 주머니에 집어넣으며 내게 물었다.

"……?"

나는 그 남자를 쳐다보았다. 도무지 납득할 수 없는 상황이었다. 그는 내 눈길을 무시하고는 마당을 가로질러 우리집 가족들이 '구석방'이라고 부르는 방 쪽으로 걸음을 옮겼다. 나는 대문 안으로 들어서는 것도 잊은 채 그 남자의 뒷모습을 지켜보고 있었다.

쉽게 피로를 느끼고 마음이 약하며 때때로 불안증에 시달리며, 기질적으로 매우 예민하고 섬세한 편. 심한 경우에는 신경성 환자로 오인받기 십상이라는 소음체질의 그 남자와 나는 공교롭게도 같은 집에 살고 있었던 것이다.

이층 창가에서 오래 서성이다 보면 그 남자가 마당을 가로질러 대문을 나서는 모습을 볼 수 있었다. 그의 걸음은 비교적 느린 편이었다. 때문에 나는 남자의 옆모습을 자세히 바라볼 수 있었다.

어떤 상대의 존재에 대해 엿볼 수 있는 방법은 여러 가지가 있을 것이다. 나는 대체로 옆모습을 보면서 상대를 파악하곤 하는 버릇을 갖고 있었다. 정면으로 바라보이는 모습은 대부분 많은 것을 가리고 있고 숨기려 한다. 그에 비해 옆모습은 아무것도 입고 있지 않는 벌거벗은 몸을 연상시킨다. 콧날의 선과 다문 입술의 각도와 속눈썹의 그늘짐. 목울대의 섬세한 굴곡. 나는 그런 것들을 통해서 상대방의 내면을 기웃거리는 것을 좋아한다.

옆에서 보는 그의 콧날은 약간 휘어지기는 했지만 단정했고 다문 입술은 고집스러워 보였다. 여러 번 그의 옆모습을 훔쳐보면서 나는 그가 섬약하지만 대단히 차가운 타입일 거라고 단정했다. 그런 느낌은 옆모습을 통해서 짐작하는 분위기와는 전혀 상관없이 느껴지는 것들이었다.

마당을 가로지르는 그 짧은 순간을 통해서 나는 지금까지 그가 걸어온 길에 대해 조금은 알 것도 같은 느낌을 받곤 하였다. 그런 것은 대화를 통해서도 쉽게 얻어지는 종류의 것들이 아니다. 아무리 오랜 시간 상대와 마주앉아 있는다 해도 그 사람이 내 등 너머로 바라보는 저편의 세계를 알 수 없는 경우가 더 많은 법이다. 그 정도는 깨닫고 있을 나이였다.

그러나 아무리 오랜 시간 창가를 지켜 서 있어도 그의

모습을 볼 수 없는 날들이 더 많았다. 그의 외출은 길었고
자주 집에 들어오지 않는 것 같았다. 그것은 나와 아무런
상관이 없는 일일 터였지만 그의 방에 불이 꺼져 있을 때
면 나는 알 수 없는 갈증을 느끼곤 하였다.

마당을 지나다가 그는 가끔 마당 한가운데 서서 멍하니
하늘을 올려다보기도 하였다. 마치 누군가 자신의 모습을
지켜보고 있다는 것을 알고 있기라도 한 듯. 그가 그렇게
걸음을 멈추고 있을 때면 나는 재빨리 커튼 뒤로 숨고는
했다. 그러다 그는 곧 어색한 몸짓으로 어깨를 움짓거리면
서 대문을 벗어나곤 하였다. 역시 느린 걸음으로. 그럴 때
마다 나는 창에 손가락을 대고 무어라 해독할 수 없는 글
자를 새겨넣기도 하였다. 한익주. 나는 조용히 그의 이름
을 불러보았다. 아름다운 이름이었다.

아버지와 나에게 상의도 없이 그 방에 세를 놓은 이모
를 통해서 나는 그의 이름을 알았다. 집주인이 세든 사람
의 이름을 외고 있다는 것이 어쩐지 자연스러운 일은 아
니라는 생각이 들었다. 어쨌거나 시시콜콜히 모든 것을 알
고 있어야 직성이 풀리는 이모는 그의 이름을 기억하고
있었고 그의 직업까지도 알고 있었다. 광고회사에 다닌다
고 하였다. 광고회사? 나는 그의 옆모습에서 느껴지는 분
위기와 그의 직업이 어울리지 않는다는 느낌을 받았다. 어
쩌면 직업을 물어보는 이모에게 그냥 광고회사에 다니고
있다고 둘러댔을 것만 같았다. 나는 그렇게 확신했다. 그

러나 나의 그런 확신은 빗나간 것이었다. 그때만 해도 그는 광고회사에서 카피를 쓰고 있던 때였다. 내 기억이 확실하다면 그는 나를 만나는 동안 다섯 번쯤 직업을 바꾸었을 것이다. 그가 여섯번째 직업을 가졌을 때 우리는 헤어졌다. 헤어진 거라고 믿었다.

그즈음 나는 여분의 열쇠를 사용해서 몰래 그의 방에 숨어들고는 하였다. 나는 그의 세계를 엿볼 수 있기를 바랐는지도 몰랐다. 여느 방처럼 옷장과 책상이 있고 옆집 담 너머로 향해 있는 창가 쪽에 침대가 놓여 있었다. 흰색 바탕에 푸른 줄무늬 시트가 덮여져 있는 침대는 몹시 딱딱했다. 굳이 지금까지 내가 보아온 방과 다른 점을 찾는다면 한쪽 벽면에 커다란 캔트지 한 장이 붙어 있는 것뿐이었다. 그 캔트지는 그의 낙서장쯤 되는 모양이었다. 마치 왼손으로 쓴 것처럼 서툴고 휘갈겨진 글자들이 벽에 달라붙어 있었다. 글자들이 위태로워 보였다.

자취를 감추고 싶다. 도둑맞은 기억. 기차와 갈매기. 훔쳐간 시간들. 기억이 지나가고 있는 현재. 세계와 나를 연결시키는 알레고리.

나는 어렵게 그의 글자들을 읽어내렸다. 의미를 파악하기 힘든 언어들이었다. 자꾸만 그 남자가 궁금해졌다. 그렇다고 해서 그의 책상 서랍이나 그밖의 것들을 뒤적거린다거나 하는 짓은 하지 않았다. 나는 그냥 내 눈에 보이는 것들을 통해서 그를 파악하고 싶을 뿐이었다.

그가 외출하고 나면 나는 이모와 아버지 눈을 피해 그의 방을 들락거렸다. 아무도 없는 그의 방에서 버지니아슬림을 피우기도 하고 프랑스종군기 같은 책들을 읽기도 하였다. 때로는 침대에 누워 긴긴 낮잠에 빠져들기도 했다. 어떤 날은 아무도 들어주지 않는 노래를 부르기도 하였다. 내가 즐겨 부르던 노래는 주로 '보리수'였다. 어머니가 좋아하던 노래. 그때 어머니는 투병중이었고 어머니에게 거부당한 나는 그의 방에서 그런 노래나 부르고 있을 따름이었다. 그의 방에서 돌아오면 나는 늘상 샤워하는 것을 잊지 않았다. 그래도 그의 베개에서 묻어온 머릿내는 쉽게 사라지지 않았다. 나는 오래오래 몸을 씻었다.

그의 외출은 언제나 길었으므로 나는 조금도 불안해할 필요가 없었다.

"!……"

"17세기 프랑스 재녀(才女)들은 침대를 원래 이름 그대로 부르는 것을 싫어했다고 하더군요. 그래서 침대를 '늙은 몽상가', 또는 '꿈의 신 오르페우스의 제국' 등으로 부르기도 했다고 합니다."

낭패다, 나는 얼른 그의 침대에서 일어나 바닥으로 내려섰다.

"미안합니다."

"……"

"정말 미안해요. 이렇게 아무도 없는 방에 들어와서, 게 다가……"

내 목소리는 사뭇 떨리고 있었다. 그럴밖에, 나는 한 번도 이런 순간이 오리라고는 상상도 하지 못하고 있었으니까. 그건 너무나 당연한 거였다. 그의 외출은 매번 길었고 게다가 오늘은 나갈 때 어깨에 큼직한 가방도 둘러메고 있었다. 나는 그가 한동안 집에 들어오지 않을 거라고 여겼다. 그러나 그는 방을 나간 지 두어 시간 만에 되돌아온 것이다. 방금 막 막노동을 하고 난 사람처럼 그의 모습은 후줄근해 보였다. 물씬 땀냄새가 풍기는 것도 같았다. 그런 그의 손에는 작은 상자 하나가 들려 있었다.

"볼테르는 그 방대한 저작의 상당 부분을 침대 위에서 쓰거나 구술했다고 전해집니다. 루소와 디드로의 경우는 침대에서 아무것도 하지 않고 나태하게 있는 것을 좋아했다고 하구요. 그런데, 당신은 잠을 자고 있었군요 이곳에서."

몹시 우울하게 들리는 목소리였다. 나는 그가 내게 화를 내고 있는 거라고 생각했다. 아무런 말도 할 수가 없었다. 제가 잠을 깨웠나 봅니다. 그렇다면 미안한 건 저로군요. 지나가듯 그가 말했다. 화를 내고 있는 사람이 낼 수 있는 억양이 아니었다. 침대 시트는 심하게 구겨져 있었다. 나는 어쩐지 울음이 쏟아질 것만 같았다.

"언젠가 옥상 계단에서 빨래를 걷어 내려오는 당신을 본 적이 있습니다."

그는 책상 의자에 앉아 담배를 꺼내 물었다. 벽시계는 일곱시를 가리키고 있었다. 나는 이쯤에서 그만 방을 나가고 싶었다. 그러나 움직일 수가 없었다. 꼭 그래야만 하는 것은 아니지만 그의 말이 다 끝나기를 기다려야 한다고 생각했다. 그의 옆모습이 그러기를 원하고 있었다. 나는 문득 그 남자의 귀를 쓰다듬고 싶다는 충동에 부르르 몸이 떨리는 것을 느끼고 있었다.

"그리고 나는 당신이 내 방에 드나든다는 것을 알고 있었습니다. 그건 어떤 흔적 같은 거였어요. 물론 당신은 아무것도 남기고 간 게 없을 거라고 생각하겠지만, 사실이 그렇기도 하고. 그런데 뭐랄까 아무튼, 바람이 지나간 자리마냥 뭔가…… 휑했습니다……"

나는 심한 부끄러움을 느꼈다. 그러나 그가 하는 말들은 하나도 놓치지 않고 모두 머릿속에 새겨두고 있었다. 나는 그가 사용하는 언어들이 마음에 들었다.

그날 저녁 나는 그의 생일파티의 유일한 손님이 되었다. 물론 초대받은 것은 아니었지만. 자꾸만 우연이 겹치는 저녁이었다.

"오늘이 저의 생일인 것 같습니다, 잘 기억나진 않지만."

"……?"

나는 그를 쳐다보았다. 이상한 말이었다.

"당신이 함께 있어주면 좋겠습니다."

52

거절할 수 없는 청이었다. 그의 모습이 지나치게 우울해 보이기는 했지만 그것과 상관없이 나는 특별히 거부하고 싶은 마음도 없었다. 생각해보니 그랬던 것 같다.

우윳빛 초콜릿이 장식된 화이트케이크였다. 그는 서른두 개의 초를 올려놓았다. 서른두 살. 아직 평화로울 나이는 아니었다. 그렇다고 삶에 대해 별다른 저항을 할 수 있는 나이도 아니라고 생각했다. 그러나 그것이 그릇된 판단이었다는 것을 나는 그 남자를 통해 깨닫게 되었다. 아주 오랜 시간이 지난 후에야.

어두워지고 있는 방 안에서 서른두 개의 초가 고요히 타오르고 있었다. 한동안 입술을 굳게 닫고 촛불을 노려보고 있던 그가 훅, 입김을 불었다. 방 안이 아주 어두워졌다. 조응(調應)이 안 되는 두 눈을 깜박거리다가 이윽고 나는 천천히 손뼉을 치기 시작했다. 혼자서 치는 손뼉 소리는 공허하기만 하였다. 불쑥 눈물이 쏟아질 것만 같았다. 참으로 쓸쓸한 생일파티였다.

그는 느린 걸음으로 뚜벅뚜벅 내 안으로 걸어들어왔다.

나는 숨을 죽이고 그의 발자국 소리를 따라 어디론가 이끌려가고 있었다.

당신이 내 등 너머로 바라보는 저편의 세계를 나도 알고 싶어, 라고 나는 중얼거렸다.

그는 내 등뒤에다가, 이 세상에 없는, 이상한 나라의 지도를 그려넣었다.

내가 스물일곱 살이 되던 그해 여름. 그는 한마디 말도 없이 그 방을 떠나가버렸다. 그것이 그와의 잊을 수 없는 헤어짐이었다. 나는 당황하지 않았다. 어쩌면 그를 처음 만난 순간부터 그의 떠남을 예감하고 있었는지도 몰랐다. 그가 떠난 빈 방에서 나는 그에게 편지를 썼다.

열네 살 때 나는 누구에게나 무슨 일은 일어난다는 것을 알았어. 그리고 차츰 나이를 먹어가면서 내게로 걸어들어오는 타인의 불신이나 불행을 튕겨내기 위한 또다른 방패를 하나 마련해야 한다는 것도 알았지. 그건 당신도 마찬가지 아니었을까. 당신 눈 속에 내가 거울처럼 비춰졌을 때 살아 있어 누리는 즐거움을 그때 처음 느꼈다면, 그래 그건 좀 지나친 표현일 거야.

며칠 전에는 당신이 좋아하는 시인 황지우의 시를 가지고 만든 연극 '살찐 소파에 대한 日記'를 보러 갔어. 더러 나처럼 혼자 온 여자들이 보이더군.

극중의 〈그녀〉가 〈나〉에게 이렇게 말해.

〈그녀〉: 당신은 이 세상에 안 어울리는 사람이야. 당신, 이 지독한 뜻을 알기나 해?

〈나〉: 그래. 내 삶이 내 마음대로 안 돼!

〈그녀〉: 당신이 어쩌다 이렇게 됐을까!

당신. 우리가 어쩌다 이렇게 돼버렸을까. 나는 '내 코에서 국수가 치렁치렁 나오는 꿈'도 꾸지 않고 '스프레이로 뿌린 붉은 구름'도 보지 않는데 말이야. 공연장을 걸어내려오면서 나는 극중의 또 잊혀지지 않는 대사를 중얼거렸어. '나는 너라니까. 그러니 너는 뭘 하고 있는 거지? 라고 묻지 마. 나는 뭘 하고 있는 거지? 라고 묻든지.'

당신! 당신은 지금 뭘 하고 있는 거지? 아니 나는 지금 뭘 하고 있는 걸까……

당신이 떠난 서울은 통째로 사막 한가운데 떨어져버린 것처럼 연일 폭염이 계속되고 있어. 그럼에도 불구하고 당신. 소문에 의하면…… 어쩌면 당신이 도둑맞았던 그 기억들을 다시 찾을 수 있을지 모른다고들 해. 당신이 찾고 있는 곳은 이 세상 어디에도 없을지 몰라. 그러니 당신은 돌아와야 할 거야.

나는…… 조율되고 있나봐 지금.

그리고, 거울.

나는 다시 한번 편지를 읽어보았다. 그리고 나서 편지를 찢어버렸다.

나의 청년(靑年)은 그렇게 기울어가고 있었다.

5. 꽃잎

    수요일, 나는 이모와 송추를 다녀왔다. 오월이 시작되고 있었고 그날은 오월의 첫번째 목요일이었다. 정오가 넘어 자리에서 일어난 나는 오래된 버릇처럼 창가를 서성거렸다. 그가 떠난 지 꽤 많은 시간이 흘렀건만 창가를 서성이는 버릇은 쉽게 고쳐지지 않았다. 아무래도 상관없어. 나는 그렇게 중얼거렸다. 고추 모종이라도 하는지 모종삽을 든 이모가 마당 한 귀퉁이에 쭈그려앉아 있었다. 이모의 주위로 엎어져 있는 빈 황톳빛 화분들이 몇 개 놓여 있었다. 간혹 바람이 불 때마다 이모 어깨 위로 후득후득 하얀 라일락 꽃잎이 떨어져내렸다. 이모의 작은 몸피는 금방이라도 온통 하얗게 변해버릴 것만 같았다. 그

런 이모의 뒷모습은 설명할 수 없는 평화로움을 느끼게
하였다.

나는 오랫동안 이모에게서 눈을 떼지 않았다. 하지만
그녀의 등은 내게 아무것도 말해주지 않고 있었다. 나는
이모 등뒤로 다가가 그녀의 허리를 안고 싶었다. 팔을 크
게 벌려 꼭 껴안고 싶었다. 그러나 지금 이 순간, 아마도
내가 그러고 싶은 상대는 딱히 이모가 아닐지도 모른다.
나는 입 안이 마르는 것을 느꼈다. 까닭없이 나 자신에게
노여워지기 시작했다.

이모가 몸을 일으켜 이켠으로 돌아섰다. 그녀의 머리
와 어깨에서 꽃잎이 난분분히 흩날리는 것이 보였다. 그
때 나는 문득 어머니의 기일이 다가오고 있음을 기억해
냈다. 그것은 이모 주위로 하염없이 떨어져내리고 있는
새하얀 꽃잎 때문이었을 것이다. 눈이 시리도록 하얀 꽃
잎. 어머니는 라일락꽃이 한창 만발인 그런 아름다운 계
절에 돌아가셨다. 오월은 어머니의 죽음과 잘 어울리는
계절이었다. 나는 곧 창가를 떠나 외출 준비를 하기 시작
했다.

어딜 가느냐고 묻는 이모에게 곧이곧대로 송추를 간다
고 말한 것이 잘못이었다. 저 외출해요. 늘상 그래왔던
것처럼 건조하게 말하고는 그냥 집을 나서야 했다. 창가
에서 내려다보았던 이모의 모습이 지나치게 여려 보여서
그랬던 것일까. 의무처럼 행선지를 묻는 이모에게 앞뒤

생각없이 송추에 간다고 말해버렸던 것이다. 아차 싶었을 때는 이미 늦어 있었다. 현관 앞에서 나는 이모에게 붙들렸다.

잠깐만 기다려달라는 이모의 말에 나는 난처해지고 말았다. 그런 표정을 이모가 눈치채지 못할 리 없건만 나는 표나게 미간을 찡그렸다. 그곳에 이모와 함께 가고 싶지 않았다. 오늘만은 나 홀로 어머니 곁에서 시간이 지나는 것을 느끼고 싶었다. 어머니의 무덤을 오랫동안 쓰다듬고 싶었다. 그런 내 모습을 아무에게도 보여주고 싶지 않았다. 어쩌면 나는 소리내어 울런지도 몰랐으니까. 그렇기는 하나 나는 딱히 뭐라고 거절할 아무런 이유도 찾아내지 못하고 있었다. 이모는 어머니의 유일한 자매였으니까.

이모는 가볍게 슬쩍 내 팔을 잡았다 놓고는 현관 안으로 들어가버렸다. 버스를 타고 가면 돼요. 나는 그제서야 이모가 사라진 현관에다 대고 말했다. 그러나 이미 때는 늦어 있었다. 나를 현관 앞에 세워두고 집 안으로 들어간 이모는 외출 준비를 하다 말고 도로 나와 거실로 들어와 기다리라고 하였다.

"여기서 기다릴게요."

공연히 심정이 사나워진 나는 무뚝뚝하게 말했다.

"그러면 내가 불안하잖니. 그럴 거 뭐 있어, 잠깐이라도 앉아서 기다려주면 안 되니?"

"……"

"너란 앤 증말……"

알 수가 없어. 나는 이모가 채 하지 못한 말을 잘 알고
있었다. 너란 앤 증말 알 수가 없어. 이모가 그렇게 말하
는 건 당연한지도 모른다. 내가 생각해도 이모를 대하는
나의 태도를 도무지 이해할 수 없었기 때문이었다. 동생
이라고는 하나 이모는 어머니와 조금도 닮아 있지 않았
다. 어쩌면 나는 그런 것들에 대해 화를 내고 있는지도
몰랐다. 나는 고집스럽게 현관 밖에서 이모를 기다렸다.
내가 그렇게 기다리는 것을 의식한 듯 이모는 화장도 하
지 않은 민낯에 외출복으로 옷만 갈아입고 나왔다. 그다
지 오랜 시간을 기다린 것도 아니었건만 나는 대단히 성
난 사람처럼 성큼성큼 대문을 나섰다.

내가 운전을 하겠다고 했다. 마음에 없는 소리였다. 나
는 버스를 타고 뒷좌석에 앉아 버스의 난폭한 덜컹거림
을 즐기고 싶었다. 버스를 타면 언제나 거리의 풍경들이
흔들거렸다. 나는 그 율동이 마음에 들었다. 그리고 무엇
보다도 그런 거리의 풍경들을 마음껏 눈여겨보고 싶었던
것이다. 이제는 다 틀린 일이지만. 이모는 나를 옆좌석에
태우고는 운전석에 앉았다.

"운전을 하면 손이 탈 거다. 오월 빛에 타면 그대로 남
는다. 아름다워 보이지만 무서운 햇살이지…… 목을 좀
가리지 그러니."

진달래 뿌리로 물들였다는 회색 마사(麻絲)로 만든 개량 한복을 입은 이모는 그런대로 수수해 보였다. 그러나 수수해 보이는 것은 왠지 이모에게 잘 어울리지 않는다. 화려하지는 않지만 그 나이의 이모에게서는 아직도 어떤 농염함 같은 것들이 엿보이고는 했다. 그거야말로 무서운 아름다움이 아닐까.

어렵게 팔팔대로를 빠져나온 차는 이제 영동대교를 지나 동부간선도로로 진입하고 있었다. 조금 후면 곧 의연하게 옆으로 비껴 서 있는 인수봉이 나타날 터였다. 나는 차창 밖으로 눈을 돌렸다. 눈두덩이가 아플 정도로 햇살이 쏟아져 들어오고 있었다. 눈이 부시게 푸르른 날……나는 뜻모를 미소를 지었다. 문득 허밍이라도 하고 싶은 기분이었다. 그건 단지 너무 화창한 날씨 탓이었다. 의정부라고 쓰여진 푸른 표지판을 지나면서 나는 눈을 감아버렸다.

송추면 율대리로 접어들면서 길은 눈에 띄게 좁아졌다. 마른 먼지들이 차 앞유리로 덤벼들었다. 이모는 길가에 차를 세워두고 유리를 닦았다. 나는 그대로 차 안에 앉아서 이모의 하는 양을 보고만 있었다. 몇 번 와보지는 않았지만 율대리 마을의 버드나무는 언제나 무섬증을 일으키도록 섬뜩했다. 가늠할 수 없도록 높은 키며 축축 늘어진 성성한 가지들이 그러했다. 한낮에 보아도 그것은 유독 사무침이 많은 귀신들 같아 보였다.

"엄마가 입원해 있을 때 왜 제가 드나드는 것을 한사코 거부하셨는지…… 아직도 잘 모르겠어요."

언젠가 이모에게 한번쯤 물어보고 싶은 말이었다. 그러나 이모를 붙들고 그런 말을 꺼내는 것은 쉽지 않았다. 그동안 그런 이야기를 나눌 만한 기회들을 내가 애써 외면하고 있었는지도 모르겠다. 그렇게 망설이다가 시간이 지나버렸다. 새삼스럽게 그런 이야기를 꺼내는 것이 어색하게 느껴졌던 것이다. 나는 때를 놓쳐버렸다고 생각했다.

노을이 지고 있었다. 단지 저 노을 때문이야. 나는 입엣말을 하였다. 그리고 저 피처럼 붉은 노을 앞에서 나는 그만 이모에게 오랫동안 참아왔던 말들을 꺼내놓고 말았던 것이다. 무덤 주위로 마주앙 한 병을 훌훌 뿌려댄 이모는 아까부터 줄곧 어머니의 무덤 앞에서 손수건을 깔아놓고 앉아 있었다. 이모는 아마도 그렇게 마주앉아 소리없이 어머니와 대화를 나누고 있을 터였다. 나로서는 잘 알 수 없는 그런 이야기들을.

그들의 대화는 오래 이어지고 있었다. 나는 어머니의 무덤을 등지고 서서 운경공원묘지의 들꽃처럼 수많은 무덤들을 바라보았다. 나는 그 무덤들의 이름도 얼굴도 잘 몰랐다. '나는 묘 속으로 들어가고 싶었다.' 나는 내 것이 아닌 그 문장을 소리내어 발음해보았다. 그러자 정말 나도 묘 속으로 걸어들어가고 싶어졌다.

"이모는, 알고 있을 거라고 생각해요."

괜한 말을 했다는 후회가 들긴 했지만 내친 걸음이었다.

"……"

"이모!"

나는 해가 지고 있는 하늘에서 눈을 떼고 고개를 돌렸다. 이모는 여전히 같은 자세로 앉아 있었다. 손을 스치기만 해도 그대로 풀썩 사그러들 것만 같은 모습이었다. 나는 이모의 어깨를 마구 흔들어보고 싶었다.

"네 엄마는…… 너를 사랑하셨다."

나는 웃음이 터질 것만 같았다. 그리고 갑자기 소리내어 울고 싶어졌다.

산등성이로 해가 다 빠져들고 있었다. 해를 삼킨 산은 붉게 물이 들었다. 노을이 다 지고 나면 저 수많은 무덤들 속에서 누군가 무덤 밖으로 휘적휘적 걸어나오기라도 할 듯 나는 어처구니없는 불안감에 휩싸이고 있었다. 나는 시선을 높이 들어 하늘에 얼굴을 묻었다.

이윽고 걷잡을 수 없는 속도로 어둠이 몰려들기 시작했다.

"오늘 송추엘 다녀왔어요. 이모랑 함께요."

"……"

나는 안 해도 그만인 이야기들을 하고 있었다. 그러나

나는 이 침묵의 식사를 버텨내기가 힘이 들었다. 수저질을 하면서 나는 진땀까지 흘리고 있었던 것이다. 아버지는 조용히 물을 마시고 가만가만 수저를 들었다 놓았다 할 뿐이었다. 식사를 다 끝낸 아버지는 내게 술을 청했다. 아버지는 매일 저녁이면 사과 한 알을 깎아놓고 술을 마셨다. 어머니가 돌아가시고 나자 아버지는 천천히 술을 마시면서 그렇게 저녁 시간을 보내고는 하였다. 그래도 잠이 오지 않으면 어둠뿐인 거실을 서성거리곤 하였다. 나는 아버지의 잔에 술을 부었다.

"너도 한잔 마시겠니?"

아버지의 입에서는 들큰한 냉이국 냄새가 배어나고 있었다. 나는 고개를 저었다. 식탁의 전등 아래서 보는 아버지는 그동안 몰라보게 늙고 지쳐 보였다. 그 무엇에도 향수(鄕愁)를 느끼지 않는 듯한 모습이었다. 나는 우울해지는 것을 느꼈다.

"……육신이 없달 뿐, 죽음은 그저 삶의 연속일 뿐이란다. 아직 네 나이로는 이해하기 힘들겠지만."

"그런 것쯤은 이제 저도 알 만한 나이예요 아버지. 죽음 자체도, 삶의 한 구성에 지나지 않는다는 것을요."

아버지는 눈을 들어 나를 바라보았다. 아무것도 담겨 있지 않은 눈빛이었다. 아버지는 오랫동안 나를 응시했다. 낯설고 견뎌내기 힘든 시선이었다. 나는 고개를 수그렸다. 아버지는 말없이 잔을 비웠다. 나는 새로 술을 따랐다.

"네가 아주 훌쩍 커버린 느낌이 드는구나, 이젠……"

서글픔이 담긴 목소리였다. 나는 그저 가만히 고개를 주억거리고만 있었다.

"그러나 죽음이 그렇게 상식적인 것만은 아닐 거란 생각이 드는구나. 그리고 그런 생각을 하기엔, 너는 아직 젊다."

"……"

피곤하구나. 이모는 그렇게 말한 뒤 방으로 들어가 식사 시간에도 나오지 않았다. 저녁 식사를 준비해두고 나는 이모의 방으로 가보았다. 방문은 굳게 잠겨 있었다. 기척 없이 방문에 귀를 갖다대었다. 아무 소리도 들리지 않았다. 이모가 울고 있구나. 무턱대고 그렇게 생각했다. 그러나 나는 이모가 왜 울고 있는지 그 이유를 가늠할 수 없었다. 어쩌면 이모는 잠들어 있을지도 몰랐다. 나는 곧 머릿속에서 이모가 울고 있을 거라는 상상을 지워버렸다.

"공사는 잘 진행되고 있어요?"

"그럭저럭 짓고는 있지만, 비가 자주 와서 생각보다 늦어질 것 같구나."

"네에, 천천히 하세요. 급할 거 뭐 있어요."

"글쎄다……"

아버지와 내가 둘이 마주 앉은 것은 아주 오랜만의 일이었다. 모든 것이 어색한 저녁이었다. 몇 잔쯤 더 잔을 비운 아버지가 방으로 들어가버리자 거실의 불을 끄고 이층으로 올라왔다. 이층으로 오르는 계단에서 문득 누군 가 내 어깨에 손을 대고 있는 기척을 느꼈다. 홀쩍 뒤를 돌아보았다. 아무도 보이지 않았다. 누굴까. 나는 가만히 계단에 쭈그려앉았다. 그리고는 다시 누군가가 내 어깨에 손을 얹기를 기다렸다. 시간이 흐르는 것이 느껴졌다. 아 니 시간이 신음하고 있는 거라고 생각했다.

아버지의 방에 불이 꺼지는 것이 보였다. 나는 다시 계 단을 내려와 냉장고를 열었다. 그리고는 한 컵 가득 활명 수를 들이마셨다. 그러고 나서 한동안 아무것도 기다리지 않으면서 소파에 앉아 있었다. 이윽고 나는 내 몸에 들러 붙어 있는 어둠을 툭툭 털어내고는 방으로 올라갔다.

어디선가 거북이 울음소리 같은 것이 들리고 있었다.

6. 창

그가 떠난 이후에도 나는 그 방에 드나드는 버릇을 고치지 못하고 있었다.

여름이 지나고 가을이 다가오고 있던 때였다. 그 무렵, 내가 할 수 있는 일은 아무것도 없었다. 어머니 병세는 더욱 악화되어가고 있었고 아버지는 날로 초췌해져갔다. 어쩌다 찾아간 병실 앞에서 나는 번번이 어머니에게 거절당하고 있었다. 그런 내 모습을 바라보는 이모의 눈에서는 묘한 안쓰러움 같은 것들이 느껴지고는 했다. 하지만 이모는 내게 어떤 설명도 해주지 않았다. 나는 이모의 그런 시선을 무시했다. 나는 마치 누군가를 기다리는 사람처럼 팔짱을 끼고 병실 복도를 몇 번씩 왕복하다가 집으로 돌아오고는 하였다.

일 년 뒤 어머니가 돌아가실 때까지 내가 병실에 누워 있던 어머니를 볼 수 있었던 것은 손으로 꼽을 수 있을 정도였다. 어둑한 병실 복도를 서성거리면서 나는 어머니의 신음 소리를 듣곤 하였다. 그것은 분명 환청이었을 테지만 어쨌거나 나는 신음 소리를 듣고 있다고 생각했다. 들고 간 꽃이나 주스병 따위들을 병실 복도에 있는 의자에 내려놓고 병원을 벗어나오고는 했다. 그럴 때마다 나는 어머니의 죽음이 좀더 빨리 다가오기를 바랐는지도 몰랐다. 그러나 어머니의 투병은 생각보다 길었다. 나는 그것이 어머니가 자신의 생에 대해 아직도 많은 미련을 버리지 못하고 있는 거라고 생각했다. 어리석은 짓이야. 스물여덟의 나는 고개를 흔들었다.

어느 재불 화가가 쓴 삼백 매짜리 자서전을 교열하다가 그 일마저 집어치우고 말았다. 다니던 제빵학원도 잠시 쉬고 있던 상태였다. 도무지 아무것에도 집중할 수 없는 시기였다. 나는 내 인생의 한 귀퉁이가 조금씩 마모되어가고 있는 것을 느끼고 있었다. 그런 것은 눈으로 확인할 수 없는 것들이긴 했지만 나는 예민한 짐승처럼 몸을 잔뜩 웅크리며 시간에 휩쓸려가고 있는 자신을 노려보고 있었던 것이다. 오늘은 어제와 조금도 다르지 않았다. 모든 일상이 지루해지기 시작했다. 이 부박한 세상에 이토록 지루한 일상에 확실한 게 있다면 그것을 무어라 이름

붙일 수 있을까…… 확실한 건, 죽음밖에 없었다. 그러니까 그때 스물여덟 살이었던 그해 가을, 나는 그런 생각들을 하고 있었다. 계절은 어느 해나 조금씩은 닮아 있기 마련이었다. 그해 가을도 여느 때와 별다른 것은 없었다.

그녀의 전화를 받은 것은 오후가 다 기울고 있을 무렵이었다. 그때 나는 그의 침대에 누워 있었다. 나는 앞으로 벌어질 일들에 대해 될 수 있으면 아무것도 생각하지 않으려 애를 썼다. 아무것도 상상하고 싶지 않았다. 그런데도 폭음한 이튿날처럼 머리가 아파오고 있었다. 나는 어쩌면 이 년 전 어느 여름날처럼 내가 잠들어 있을 때 그가 소리없이 방문을 열고 들어오기를 바라고 있었는지도 몰랐다. 아픈 머리를 자꾸만 흔들어대고 있을 때 불현듯 전화 벨이 울렸다. 나는 후딱 몸을 일으켰다.

그가 떠난 이후 이모는 그 방을 정리하려 했지만 나는 아직 계약 기간이 남아 있다는 이유로 이모를 설득했다. 이모는 입을 다물고 그런 나를 꽤 오랫동안 바라보았다. 투명한 눈이었지만 나는 이모를 정면으로 바라볼 수가 없었다. 이모는 내가 그 방에 드나들고 있다는 것을 알고 있을지도 몰랐다. 그런 느낌을 받았다. 나는 부끄러워하지 않았다. 그때 나는 이미 스물일곱 살이었고 그 나이라면 누구의 간섭도 필요치 않은 나이라고 생각했던 것이다. 그런 생각은 열 몇 살 때부터 하고 있었기 때문에 나는 이모 앞에서 부끄러워하지 않을 수 있었다. 그리고 나는 무엇보다도 그가 돌아올 것을 확신하고 있었다. 하지만 돌아오지 않을 수도 있다는 것에 더 큰 가능성을 두었던 것 같다. 그가 돌아오거나 혹은 돌아오지 않거나 나와는 아무런 상관 없는 일이라고 여기고 싶었다. 그 무렵의 나는 차츰 지쳐가고 있었을 터였다.

"거기 있을 줄 알았어요."

"……!"

한영원이었다. 두번째 전화였다. 그녀는 이쪽의 목소리를 확인도 하지 않고 그렇게 말했다. 나는 여전히 숨을 죽이고 있었다.

"……"

"그런데 여진씨, 당신은 대체 거기서 뭘 하고 있는 거죠?"

나는 더듬거리며 아무것도 하고 있지 않다고 말했다. 수치심 같은 것들이 느껴졌다. 그런데 이 여자는 왜 이 방으로 전화를 했을까. 그가 이곳을 떠난 것을 알고 있으면서. 머릿속이 사납게 뒤엉켜들기 시작했다.

"여진씨를 만나야겠어요, 오늘."

아무런 감정도 읽어낼 수 없는 목소리였다. 나는 어쩐지 그녀가 내게 화를 내고 있을지도 모른다고 생각했다. 그러나 내가 이 방에 있다고 해서 그녀가 화를 낼 이유는 없었다. 어쩌면 이 방에 와보고 싶었던 것일까, 그녀는?

나는 그녀에게 장소를 물었다. 까닭 없이 피하고 싶은

만남이었지만 어쩔 수 없는 일이었다. 이 시간에 내가 이 곳에 있을 거란 생각을 한 걸 보면 무척이나 민감한 여자 였다. 갑자기 그녀가 무서워졌다. 그러나 나는 그녀를 만나야겠다고 생각했다. 왜냐하면 지금쯤 그녀는 그가 있는 곳을 알고 있을지도 몰랐으니까. 그런 생각이 든 것은 그녀와의 전화를 끊고 난 한참 후였다.

저녁 일곱시. 나무와 벽돌에서 그녀와 나는 다시 만났다. 오래 전부터 와서 기다리고 있었는지 내가 도착했을 때 그녀는 맥주를 마시고 있었다.

"그 사람이 지금 어디 있는지, 여진씨는 알고 있을 거라고 생각해요."

……! 기습을 당한 느낌이었다. 나는 그녀의 수려한 이마를 올려다보았다. 봄비처럼 부드러운 목소리이긴 했지만 나는 그녀가 몹시 우울한 상태라는 것을 알아차렸다. 나는 고개를 저었다. 마치 그가 있는 곳을 몰라 미안하다는 듯이.

"그렇군요, 역시 당신도 모르고 있군요."

아무도 모르고 있어요, 라고 그녀가 기어드는 소리로 말했다.

"하지만 나는 여진씨만은 알고 있을 거라고 생각했어요."

"어째서, 어째서 그런 생각을 한 거죠."

정말 궁금하지 않을 수 없었다. 그녀가 어째서 그런 생각을 하고 있었는지.

"글쎄요. 이유는 설명하기 힘들지만…… 그래요, 그 사람이 그렇게 한 곳에 오래 머물러 있던 적이 없었거든요. 그동안 단 한 번도. 그래서 그런 생각이 들었던가 봐요."

그녀는 또 깊은 숨을 내쉬었다. 그러고는 멀리 눈을 들어 창 밖으로 시선을 던졌다. 헤아리기 힘든 눈빛이었다. 나는 그녀가 바라보는 창 밖을 내다보고 싶었지만 선뜻 고개를 돌릴 수 없었다. 어쩌면 지금 그녀는 창 밖을 내다보고 있는 게 아니라 내가 볼 수 없는 어둠 저켠의, 그녀만 알고 있는 또다른 세상을 바라보고 있었는지도 몰랐기 때문이었다. 같은 나이임에도 불구하고 그녀의 얼굴에는 그 나이답지 않게 짙은 난숙함이 배어 있었다. 그녀는 서른세 살이나 서른일곱처럼 보였다. 나는 그녀를 방해하고 싶지 않았다.

초록색 에이프런을 두른 종업원이 다가와 내 잔에 커피를 따라주고 있었다. 벌써 세번째였다. 고마워요. 나는 짧게 말했다. 나무와 벽돌에 들어서면서부터 나는 목 안이 타는 것을 느꼈다. 실내에는 제목이 잘 기억나지 않는 음악이 은은히 흐르고 있었다. 저 노래 제목이 무엇이었더라.

"그 사람에 대해 어느 정도 알고 있는지, 물어보고 싶어요."

그녀가 나를 바라보았다. 나도 당신이 그 사람에 대해 얼마나 알고 있는지, 오래 전부터 궁금했어요. 나는 그녀의 어깨까지 내려온 검은 머리카락을 쳐다보았다. 고혹적인 아름다움이 느껴지는 여자였다.

"사실 나는 그 사람에 대해 알고 있는 게 없어요. 이상할 정도로 말이죠."

"……"

"아주 단편적인 사실들, 이를테면 이름과 나이. 그리고 자주 직업을 바꾸었다는 것밖에 알고 있는 게 없다면, 믿을 수 있겠어요?"

하지만 그건 사실이었다. 나는 그에 대해 별다르게 알고 있는 게 없었다. 말이 없긴 했지만 유독 자신의 이야기는 잘 하지 않는 타입이었다.

"묘하군요. 그런 관계가 가능하다고 생각하나요?"

힐난하는 듯한 목소리였다.

"그는 마치 진술공포증에라도 걸린 사람처럼 자신의 이야기는 잘 하지 않았어요. 지나치게 내향적인 사람이었다고나 할까요."

어쩐지 나는 그녀에게 벌을 받고 있다는 느낌이 들었다. 물 컵을 비운 후에 그녀 앞에 놓인 맥주를 따랐다. 갈증이 심해지고 있었다.

"그리고 나는 그 사람이 말하지 않는 것들에 대해 그다지 궁금해하지 않았던 것 같아요. 어쩐지 물어보면 안 될 것 같은 느낌이 들기도 했구요. 뭐랄까, 그에게서는 내가 함부로 다가갈 수 없는 그런 것들이 있었어요…… 설명하기가 힘드는군요."

"누군가에게 떠나간 사람에 대해 설명하는 것은 언제나 쉽지 않은 법이에요."

그녀의 말에 나는 고개를 끄덕였다. 그녀가 나를 이해하고 있다는 느낌이 들었기 때문이었다. 그녀가 아주 오래된 친구처럼 느껴지고 있었다.

"……그런 것들은 그다지 중요한 게 아니라고 생각했어요. 그러면서도 끊임없이 그 사람의 세계를 알고 싶어한 걸 보면, 내 자신도 잘 납득이 가지 않아요. 그러나 과연 말을 통해서 상대의 존재를 어느 정도나 알 수 있을 거라고 생각해요?"

"글쎄요. 한 번도 생각해본 적이 없는 문제로군요 그건."

"나는 회의적이에요. 나는 어쩌면 그의 침묵이 마음에 들었는지도 몰라요. 침묵이란 건 때때로 대단히 매혹적인 거잖아요, 왜."

"그리고 어쩌면 나는 처음부터 그가 가진 세계의 비밀을 알고 싶다는 생각을 포기했는지도 몰라요. 처음부터는 아니지만, 그와 지내는 동안 죽 나를 그렇게 만들었던 것 같아요."

"……"

그랬을지도 몰랐다. 그는 내게 아무 요구도 하지 않았지만 나는 그가 그러기를 원하고 있다고 생각하고 있었으니까.

"여진씨가 있는 그 집에서 떠나와 한동안 그는 나와 함께 지냈어요."

"……"

"알고 있을 거라고 생각했어요. 지금까지 그래왔던 것처럼 몇 번씩이나 두세 달씩 집을 비우곤 했어요. 그 사이 자주 직업이 바뀌었던 건 여전했구요. 그런데 이번엔 아예 돌아오지 않는군요. 시간이 너무 길어지고 있어요."

시간이 너무 길어지고 있다. 나는 그녀가 한 말을 가만히 소리내어보았다. 그녀는 아까보다 빠르게 잔을 비워내고 있었다. 많이 마신 듯했지만 그녀의 모습은 조금도 흐트러져 보이지 않았다. 벽시계는 아홉시를 향하고 있었다.

"언젠가 코스타리카 거북이들이 알을 낳기 위해 태평양 연안인 어느 해변으로 떼지어 여행하고 있는 사진을 본 적이 있어요. 그는 말했죠. 이놈들도 떠나고 있군 그래, 제 갈 곳을 향해…… 내가 있을 곳은 여기가 아니야……, 라구요. 생각해보니 그런 말을 자주 중얼거렸던 것 같아요. 알을 낳으려구요? 나는 웃으면서 그렇게 농담했어요. 그 사람은 고개를 저었어요. 그런 게 아니야 하지만, 하지만, 이라고 자꾸만 중얼거리면서 말예요. 나는 곧 웃음을 멈출 수밖에 없었어요. 그의 표정이 지나치게 심각해 보였거든요. 갑자기 그가 두려워지기 시작했던 것도 그 무렵이었던 것 같아요. 그때 나는 그를 바라보면서 그가 곧 이곳을 떠날 거라는 걸 예감했어요."

한때의 기억을 더듬고 있는 내 목소리는 한없이 잦아들고 있었다.

"나는 그 사람이 여진씨 곁에서 정착한 거라고 믿고 싶었어요. 여진씨라면 그를 도울 수 있을 거라고 생각했던 거예요. 내가 이런 말을 하는 게 조금 우습게 들릴지 모르겠지만 나는 여진씨가 그 사람을 꼭 잡아두기를 바랐어요. 아니 어쩌면 이 말은 진심이 아닐 거예요. 맞아요, 진심이 아니에요. 나는 아직도 그 사람이 내게로 돌아오기를 기다리고 있으니까 말이죠."

"……"

알 것도 같고 모를 것도 같은 말이었다. 그러나 나는 곧 그녀 목소리에 담긴 사무침의 의미를 파악할 수 있을 것 같았다.

"서른이 넘어 마치 자아도취적 단계로 다시 돌아온 사람처럼 그는 사랑하는 방법을 잊어버리고 있었어요."

"나는 그를 사랑한다고 말한 적이 없어요."

"이상한 말을 하는군요, 여진씨 지금."

"헤어졌다고는 했지만……, 상대방이 떠난다고 해서 그 이별이 완성되는 것은 아니라는 것을 알았어요. 그가 내게 가르쳐준 게 있다면 아마 그것뿐일 거예요."

나는 내가 무슨 말을 하고 있는지도 잘 모르고 있었다. 그런데도 나는 어쩌자구 자꾸만 그렇게 중얼거렸다. 그녀가 담배를 피워 물었다. 나는 차츰 우리의 대화가 어긋나고 있다고 생각했다. 술이 오르고 있는지 그녀의 이마께가 붉어지고 있었다.

"우리는 아버지가 같아요. 그러니까 남매라고 하면 이해가 빠르겠군요. 하지만 나는 그를 사랑해요."

"…… !"

턱을 괴고 뭔가 골똘한 표정을 짓던 그녀가 툭 내던지듯 입을 열었다.

"그 사람이 가진 상처에 대해서…… 여진씨가 좀더 관심을 기울였더라면 좋았을 걸 하는 아쉬움이 있군요. 그런다고 해서 뭔가 변화가 생기지는 않았겠지만 말예요. 혹시 모르죠, 여진씨가 알고 싶어하는 그 사람의 존재에 대해서 조금 더 가까이 다가갈 수 있었을지도."

그 말을 마치자마자 그녀는 성급히 자리에서 일어났다. 나는 그녀가 화장실에 가려나 보다고 생각했다. 하지만 그녀는 가방과 벗어둔 바바리코트를 낚아채곤 재빨리 입구를 향해 걸어갔다. 납득할 수 없는 상황이었다. 대화가 어긋나고 있다는 것을 느끼고는 있었지만 그러나 지금은 아직 헤어질 때가 아니지 않은가. 갑자기 둔기로 정수리를 얻어맞은 것처럼 아뜩해졌다.

나는 허겁지겁 그녀의 뒤를 따라 계단을 내려갔다. 그녀는 벌써 저만큼 앞서 걸어가고 있었다. 그녀의 모습은 털을 세운 작은 고양이 같아 보였다. 기묘한 분위기였다. 우리는 이렇게 헤어지는구나. 나는 천천히 그녀의 뒤를 따라 걸었다.

생각난 듯 광화문 지하도 입구에서 그녀는 걸음을 멈추었다. 한마디 인사도 없이 자리를 뜬 것처럼 그것도 뜻밖의 일이었다. 나는 그녀가 내처 지하도로 내려가버릴 거라고 생각했던 것이다. 예전처럼 그녀와 나는 광화문 지하도 입구에서 헤어졌다. 이번에도 그녀는 내게 손을 내밀며 악수를 청했다. 그녀의 눈 주위가 눈에 띄게 붉어져 있었다. 그녀의 머리카락이 흩어지기 시작했다. 바람이 불고 있었다. 나는 담담하게 그녀의 손을 맞잡았다.

"미안해요. 오늘은 더이상 아무것도 말하고 싶지 않군요. 혹시 다음 번에 당신을 만나게 된다면, 그때 그 사람이 가진 상처에 대해서 말할 수 있을지도 모르겠어요."

"…… 이제는 너무 늦었다는 생각이 드는군요."

나는 까닭 없이 목이 메어왔다.

"곧 다시 만나고 싶어질 거예요. 어쩐지 우리는 어느 면에서는 꽤 많이 닮아 있다는 느낌이 드는군요. 하지만 자신과 닮은 사람을 바라보는 것은, 때때로 괴로울 때가 있어요."

그녀는 그 말을 마치자마자 조금 전에 그랬던 것처럼

다시 횡하니 지하도로 내려가버렸다. 부화장처럼 밝은 지하도로 빨려들어가고 있는 그녀는 고개를 푹 꺾은 모습이었다. 다시는 만나게 될 것 같지 않았다. 그녀가 가뭇없이 사라져버린 후에도 나는 그녀가 지나간 자리를 침침한 눈으로 더듬고 있었다. 제법 세찬 바람이 불어오는 것이 느껴졌다. 나는 오랫동안 지하도 입구에서 갈 곳을 잃은 사람마냥 멍하니 서 있었다.

그녀를 만난 그날 이후, 나는 단 한 번도 그의 방에 들어가지 않았다. 그러면서 나는 이제 조금씩 모든 것이 제자리로 돌아가고 있다는 생각을 했다. 잠이 잘 오지 않는 밤이면 나는 벽에다 '몽파르나스 베이커리' '인스 베이커리' '알로 베이커리' '레뻬도르 베이커리' '강여진 베이커리' 따위 같은 낙서들을 하며 시간을 보내고는 하였다. 어쨌거나 나는 그때 나를 포기할 수 없는, 내 인생의 불안한 한 시기를 지나고 있었던 것이다.

그녀를 다시 만난 것은 이듬해 초봄의 어느 날이었다.

7. 소보로빵

　발효기에 반죽을 넣어두고 기다리는 동안 나는 줄곧 창 밖을 내다보고 있었다. 이차 반죽의 발효 시간은 정확하게 이십 분이었다. 실습실은 흰 위생복을 입은 학생들이 스테인레스 작업대를 빙 둘러싸고 토핑할 소보로 가루를 만드느라 분주한 모습이었다. 일 년에 두 번밖에 없는 제빵기술자 자격시험이 한 달 앞으로 다가오고 있었다. 일 년 과정의 기간을 수료한 학생들을 따로 모아 실기시험 준비를 하는 특강반이었다. 이제 스물한두 살의 비교적 어린 나이의 학생들은 다른 어느 때보다 진지했다. 더이상 밀가루 반죽으로 장난을 치지도 않았고 귀에 이어폰을 꼽거나 하지도 않았다. 반죽을 만지거나 재료를 계량하는 그들의 능숙한 손놀림은 차라리 아름다워 보이기까지 하였다. 어느새 노련한 제빵기술자의 완숙한 표정들이 엿보이기도 했다.

나로서는 벌써 다섯 번이나 실습해보는 소보로빵이었다. 빵 반죽과 토핑용 소보로의 비율도 모두 다 외우고 있을 정도였다. 하지만 나는 빵 반죽은 그런대로 했지만 토핑용 소보로는 잘 만들지 못했다. 달걀물의 비율을 알맞게 맞추지 못했던 때문이었다. 내가 만든 소보로빵은 지나치게 딱딱하거나 흐물거렸다. 흐물거린다는 것은 부드럽다는 것과는 전혀 다른 것이다. 이번에는 꼭 시험을 치러야 했다. 더이상 미루거나 늦출 시간이 없었다. 나는 자꾸만 초조해지고 있었다.

나는 슬그머니 작업대를 빠져나와 밀가루가 잔뜩 묻어 있는 손을 씻고는 창가로 갔다. 그리고는 창문에 이마를 갖다대었다. 송추를 다녀온 수요일부터 연 이틀째 계속 비가 내리고 있었다. 유난히 비가 잦은 봄날이었다. 횡단보도 앞에는 노란 잠바를 입은 원당초등학생들이 우산을 받쳐들고 신호를 기다리고 있었다. 한떼의 병아리들이 먹이 주위로 옹기종기 모여 있는 성싶었다. 아이들의 명랑한 재잘거림이 삼층에서 내려다보고 있는 내 귀에까지 들리는 것만 같았다. 가만히 창 쪽으로 귀를 가져가보았다. 아무 소리도 들려오지 않았다. 창문을 밀어보았다. 창문은 굳게 닫혀 있었다. 창을 열어놓으면 반죽의 온도와 발효 시간에도 영향을 미친다. 빵이 그 어느 음식들보다 예민하다는 것을 그래서 나는 알게 되었다. 나는 창문을 열겠다는 생각을 단념했다. 어쩌면 뒷모습만 보이는 저 아이들은 단단히 입을 다물고 있을지도 몰랐다. 녹색 신호등이 켜졌다. 아이들이 횡단보도를 건너기 시작했다. 비가 내리고 있는 오후의 거리는 노을을 받고 있는 담수호처럼 고요해 보였다.

오늘도 내가 만든 소보로빵은 실패였다. 뿔처럼 긴 캡을 머리에 눌러쓴 정선생이 의아하다는 시선으로 나를 응시했다. 여러 번 만들어본 사람이 아직도 이 모양이야? 하는 눈빛. 이번 실기시험의 품목이 소보로빵으로 출제된다면 나는 또 불합격일 게 분명했다.

"토핑 반죽도 중요하지만 이 생김새 한번 보세요. 아무리 곰보빵이라고 부른다고는 하지만 그래도 어느 정도 일관성 있게 만들어야지…… 여러분들이라면 이렇게 못생긴 빵을 보고 매력을 느낄 수 있겠어요 어디? 발효된 반죽에 고루고루 소보로를 묻히는 것도 중요하다구요."

매력? 빵의 매력. 정선생의 표현에 약간씩 긴장하며 서 있던 학생들이 더러 웃음을 터뜨리기도 하였다. 엉뚱한 말을 잘 하는 사람이다. 오늘 만든 제품을 품평하면서 정선생은 내 것을 집어들고는 학생들에게 설명을 하고 있었다.

"토핑이 뭉치지도 않고 한쪽으로 치우쳐 있지도 않고

그러면서도 너무 얇게 묻히거나 그래서도 안 돼요. 이렇게 대충 묻혀 놓으면 소비자들이 쳐다보기나 할 것 같아요? 아 기왕이면 다홍치마 아닙니까."

오늘은 토핑 반죽에 문제가 있는 게 아니라 토핑한 작업에 하자가 있었나 보았다. 네 개의 작업대 위로 방금 오븐에서 꺼낸 수백 개의 빵들이 줄줄이 늘어져 있었다. 얼핏 보면 모두 제과점에 진열돼 있는 제품들과 조금도 다르지 않아 보였다. 갓 구워낸 빵들에서는 훈김이 오르고 있었다. 마치 빵이 살아서 숨을 쉬는 것 같았다. 헨젤과 그레텔이 숲에서 찾아낸 집에도 이런 빵이 있었을까. 겹겹이 쌓아서 지붕을 만들면 잘 어울리겠구나.

나는 그들의 뒤쪽으로 조금 비켜서 있으면서 그런 생각들을 하고 있었다. 어쩌면 이번 실기시험에 소보로빵이 출제될지도 모른다는 불편한 예감과 함께. 나는 내가 만든 빵을 한 개 집어들고는 표면의 울퉁불퉁한 소보로를 뜯어먹었다. 그런대로 달짝지근한 맛에 부드러운 풍미가 조화를 이루고 있기는 했다. 그나마 다행한 일이었다. 서둘거나 초조해하지 않으면 토핑을 잘 묻히는 건 그다지 어려운 일이 아니다. 그러나 시험장에서 그렇듯 침착할 수 있을까.

"내 가슴이 뜯기는 것 같군요."

정선생이 내가 겉 표면의 소보로만 뜯어먹은 빵을 보며 말했다. 나는 정선생의 표현에 웃음이 났다. 빵을 두고 그런 표현을 쓰다니. 표면이 뜯긴 빵은 작은 걸레뭉치처럼 보였다. 정선생은 빵 한 조각이라도 그냥 버리는 법이 없다. 간혹 학생들이 제가 만든 빵을 휴지통에 넣거나 하면 정선생은 불같이 화를 내곤 하였다. 손가락에 묻은 재료도 때를 벗기듯 꼼꼼하게 떼어내 사용했다. 그런 모습을 지켜볼 때마다 나는 다시 한 번 더 손을 씻고는 하였다. 정선생은 학생들이 만들고 실패한 빵들을 모아 매일 동네 노인학교에 가져다준다고 한다. 유독 빵을 사랑하는 사람이었다. 그러니 가슴이 뜯기는 느낌일밖에.

정선생이 없는 틈에 내가 표면만 뜯어먹은 빵을 휴지통에 버리고는 나머지 것들을 종이봉지에 담았다. 이모가 좋아하는 빵이다. 이모는 앙금이 들어 있지 않은 빵을 좋아하였다. 그것은 어머니도 마찬가지였지만.

아버지는 푸른 비옷을 입고 건물 밖에 서 있었다. 우산도 쓰지 않은 장목수 아저씨에게 뭔가 지시를 하고 있는 것 같았다. 멀찌감치서 바라보는 그들은 마치 수화로 대화를 나누고 있는 듯했다. 그럭저럭 외부 공사가 끝나가고 있는지 건물은 이제 문만 달아놓으면 공사중이라는 것을 알아차리기 힘들어 보였다. 외관 전체는 작은 직사각형의 옥색 타일이 촘촘히 발라져 있었다. 비를 맞고 있는 건물의 외관에서는 어떤 처연함 같은 것들이 배어나고 있었다. 공연히 사람을 가라앉게 만드는 색이다.

아, 저 빛깔…… 나는 문득 그 빛깔이 어머니가 좋아
하던 색이라는 것을 기억해냈다. 뒤를 돌아보게 만드는
빛깔이지, 어머니는 내게 말한 적이 있었다. 뒤를 돌아보
게 만드는 빛깔. 어머니의 억양을 흉내내 나는 그렇게 되
뇌어보았다. 아버지는 알고 있었던 것일까. 그렇다면 그
건 이상한 일이었다. 아버지는 어머니와 함께 살았던 지
금의 집을 몹시 못 견뎌하는 것 같았으니까. 이사를 가야
겠다고 했을 때 나는 그런 아버지를 이해할 수 있을 것
같았다. 이제 그런 것쯤은 충분히 이해할 수 있는 나이였
으니까.

저녁 식탁에서였을 것이다. 어머니가 돌아가시고 얼마
쯤 시간이 흘렀을 때였다. 아버지는 앞으로 내가 무얼 하
면서 살고 싶은지 알고 싶다고 하였다. 몹시 가라앉아 있
는 음울한 목소리였다고 기억된다. 나는 뜻밖이라는 듯
아버지를 쳐다보았다. 아버지는 그때도 술잔을 기울이고
있었다. 나는 다른 사람도 아니고 내 아버지에게 그런 질
문을 받으리라고는 한 번도 생각해본 적이 없었기 때문
에 당연히 놀랄 수밖에 없었다.

이상할 정도로 아버지는 나의 현재나 미래에 대해서
관심을 보이지 않았었다. 하나밖에 없는 당신의 자식이었
음에도 불구하고 아버지는 줄곧 내게 그런 태도를 고수
하였다. 믿음……? 글쎄, 그런 것과는 사뭇 느낌이 다른
거였다. 그래, 무관심. 나는 무관심이라고 생각하였다. 이

제는 익숙해졌지만 그때만 해도 그런 생각은 나를 간간이 쓸쓸하게 만들었다. 하다못해 대학이나 학과를 결정할 때도 아버지는 내게 아무것도 묻지 않았다. 아마도 그때 그러니까 내가 열아홉 살이었을 무렵, 내가 전혀 엉뚱한 이유를 들어 대학엘 가지 않겠다고 고집을 세웠어도 아버지는 상관하지 않았을 것이다. 상관하지 않았을 게 분명했기 때문에 나는 그런 억지를 부려보지도 않았다. 그런 점에서 보면 아버지와 어머니는 퍽 닮아 있었던 것 같기도 하다. 어머니 역시 내 인생에 대해 그다지 관심이 없어 보였으니까. 그러나 어머니에게 느껴지는 것은 무관심과는 종류가 다른 것이었다. 잘 설명할 수는 없지만.

나는 종종 아버지가 과연 내 이름이나 나이 같은 것들을 제대로나 알고 있을까 하는 의심이 들곤 하였다.

아버지는 주로 지방의 소도시에서 아파트나 상가 짓는 일을 하고 있었기 때문에 집을 비우는 일이 잦았다. 아버지와 한 집에서 살았던 시간을 헤아려본다면 기껏해야 오륙 년 정도나 될까. 어머니의 병명이 드러나면서부터 아버지는 집을 떠나지 않게 되었다. 그러니까 아버지와 나는 별로 서로를 이해할 수 있는 시간을 갖지 못했던 거였다. 사랑할 시간은 더더군다나…… 공사를 끝마치고 집에 돌아오는 아버지는 언제나 처음 보는 손님처럼 낯설기만 하였다. 어머니와 단둘이 사는 것에 너무 익숙해져 있었던 터였다. 아버지가 돌아올 무렵이면 어머니는

새로 김치를 담그고 아버지가 좋아하는 게장이나 마늘
장아찌 같은 찬들을 준비하곤 하였다. 그때마다 나는 괜
한 두려움에 싸이고는 했다. 당분간 낯선 사람과 한 집에
서 살게 되었다는, 뭐 그런 것들이 아니었을까.

　지명도 알 수 없는 먼 곳에서 돌아온 아버지가 나를 쳐
다보았던 그 눈길은 지금도 잊을 수가 없다. 아버지는 마
치 나를 고종사촌의 아이거나 아니면 촌수를 헤아릴 수
없도록 먼 친척 아이라도 되는 것처럼 응시했다. 세상에
완벽한 무표정이 있다면 바로 그때 나를 쳐다보던 아버
지의 표정이 그럴지도 몰랐다. 그렇다고 딱히 나를 정면
으로 바라보고 있는 것도 아니었다. 내 어깨 뒤켠이나 이
마 한가운데쯤, 아버지는 짧게 나를 응시하곤 하였다. 대
단히 짧은 시간 동안이긴 했지만 시간이 움직이는 소리
를 들을 수 있을 만큼 집중된 시선이었다. 지금도 나는
간혹 아버지가 내게 그런 눈길을 보내는 것을 느낄 수 있
다.

　막연한 질문이었다. 그러나 나는 아버지가 내 인생의
희망이나 미련이 남은 일들에 대해 묻고 있는 게 아니라
는 것을 알아차렸다. 그런 이야기들은 아버지와 내가 대
화할 수 있는 것들이 아니었으니까. 나는 아버지에게 조
그만 제과점을 운영하고 싶다고 했다. 아직 아버지에게
그럴 만한 재량은 남아 있을 거라고 생각했다. 그때도 역
시 아버지는 더이상 아무 말도 묻지 않았다. 괜한 말을

했구나 싶었다. 처음 만난 사람한테 앞뒤없이 속내를 드
러내보인 것 같은 씁쓸한 기분이었다.

며칠쯤 지난 후에 아버지는 이모와 내가 있는 자리에
서 집을 옮겨야겠다고 말했다. 그것은 의논도 상의도 아
니었다. 이미 아버지 내부에서 그렇게 결정이 내려진 상
태라는 걸 나는 금방 알 수 있었다. 그런 결정을 내리는
것도 쉽지는 않았을 터였다. 그다지 내키지는 않았지만
아버지를 이해한다고 생각했기 때문에 나는 고개를 끄덕
거렸다. 이모 역시 별다른 말은 하지 않았다. 상가 건물
을 짓겠다고 하였다. 의외였다. 작긴 하지만 마당을 가장
좋아하는 사람은 바로 아버지였기 때문이었다. 아버지는
그곳에서 나무를 돌보고 분갈이를 하고 담배를 피우곤
하였다. 어머니가 창가에 머무는 것을 좋아했던 것처럼
아버지는 마당에서 보내는 시간들을 즐기는 듯싶었다. 적
어도 내 눈에는 그렇게 보였다. 그랬던 아버지가 마당을
버리고 상가를 짓겠다는 것이다.

일층과 이층은 세를 놓고 삼층을 살림집으로 쓰겠다고
하였다. 나는 아버지가 차츰 지쳐가고 있다는 것을 눈치
챘다. 아버지는 그 건물을 지어놓고 세를 받으면서 조용
히 남은 생을 보내고 싶다는 것을 말하고 싶었는지도 몰
랐다. 산이나 낚시터 등을 찾아다니면서. 혹은 이 집을
떠나 더 먼 곳에서 어머니를 추억하면서. 나는 늙어가고
있는 아버지의 손을 가만히 잡아주고 싶었다. 일층에는

제과점을 내면 되겠더구나, 길목이 좋은 곳이야. 지나가 듯 아버지가 말했다. 아버지가 그 말을 했을 때, 나는 비로소 아버지가 내 나이나 이름 정도는 분명히 알고 있을 거라는 확신이 들었다.

그러나 아버지는 집이 있던 이 동네를 완전히 떠날 자신은 없었던 모양이었다. 아버지가 땅을 산 곳은 지금 있는 집에서 그다지 멀지 않은 곳이다. 전철역에서 서울대 방면으로 넘어가는 고개쯤이었다. 겨우 이 정도의 거리라니…… 터를 보고 나서 나는 아버지의 심중을 헤아리기에는 아직 더 시간이 필요할 거라는 느낌을 받았다.

아버지의 손짓이 점점 커지고 있었다. 뭔가 화가 나 있구나. 나는 한사코 내 시선을 붙들고 놓아주지 않는 옥색 타일에서 눈을 떼고 아버지를 보았다. 그대로 발길을 돌릴까 하다가 장씨 아저씨가 휑하니 건물 안으로 들어가는 것을 보고 아버지에게 다가갔다.

"너, 어쩐 일이냐."

아버지는 뜻밖이라는 표정이었다. 그럴밖에, 공사가 시작된 후에도 나는 한 번도 이곳에 와본 적이 없었다. 아버지의 표정은 지극히 당연한 거였다. 나는 그저 간혹 집에 들르곤 하는 장목수를 통해 진행 상황을 짐작할 따름이었다. 우비에 달린 모자를 뒤집어쓰고 있는 아버지는 까마득히 먼 행성에서 출현한 외계인 같아 보였다. 빗물에 젖어 번들거리고 있는 우비에서는 쿰쿰한 냄새가 배어나오고 있었다. 나는 눈살을 찌푸렸다.

"지나는 길예요, 학원 끝나고."

나는 더듬거리며 말했다. 그냥 내처 집으로 돌아갈 걸, 하는 후회가 들었다.

"이제 외부 공사는 대충 끝났나 봐요?"

"글쎄다, 아직 손볼 게 좀 남았지."

아버지는 고개를 들어 건물을 올려다보았다. 아버지의 목울대는 검고 주름이 많아 보였다. 아버진 알고 있었죠, 저 빛깔 말예요…… 버릇처럼 또 속엣말을 하였다. 아버지와 마주서 있는 것은 아무래도 어색한 일이다. 머뭇거리다가 나는 한 손에 들고 있던 종이봉지를 아버지 앞으로 내밀었다.

"이게 뭐냐?"

"오늘 만든 빵이에요. 아버지도 드시고, 저 안에 있는 인부들에게도 나눠주면 되겠네요."

"……"

"아버지."

"그만 둬라. 이제 빵이라면 지긋지긋하다."

아버지는 내가 내밀고 있던 종이봉지를 밀어내듯 툭 쳤다. 그 바람에 빵들이 바닥으로 쏟아져내렸다. 아버지는 흠칫 놀란 것 같았다. 한쪽 손에서 우산이 떨어지는 것이 느껴졌다. 나는 똑바로 아버지를 응시하였다. 아버지의 검은 얼굴에서는 당황한 표정이 역력히 스쳐 지나가고 있었다. 아버지와 나는 아무 말 없이 서로 마주보고 서 있었다. 나는 아버지가 내게 사과하기를 바랐다. 일부러 그런 게 아니라는 걸 알잖니. 네 알아요 아버지. 하지만 어쨌거나 이건 분명히 아버지가 잘못하신 거예요. 그래 그렇구나 정말 미안하다…… 그러나 아버지는 아무런 말도 하지 않았다. 그렇게 나와 마주서 있는 것이 곤혹스러운 듯 이맛살을 찌푸리고 있던 아버지는 내 곁을 스쳐 건물 안으로 들어가버렸다. 아주 빠른 걸음이었다. 실연(失戀)의 느낌으로 한동안 나는 아버지의 뒷모습을 바라보고 있었다.

빗물에 젖은 빵들이 흐물거리며 보도에 들러붙어 있는 것이 보였다.

라일락. 꽃잎. 크루아상. 나무와 벽돌. 식빵. 화이트케이크. 브리오슈…… 나는 그런 것들을 머릿속에 떠올리고 있었다.

이윽고 나는 발 밑에 흩어져 있는 빵들을 천천히 짓밟기 시작하는 또다른 내 모습을 지켜보기 시작했다.

8. 소금

여차마을. 지도에도 나오지 않는 그런 작은 마을이 있다. 경남 거제시 남부면 다포리 여차마을 해안변 암반에서 중생대 백악기 때 형성된 것으로 보이는 공룡의 발자국 화석 육백여 개가 무더기로 발견된 적이 있다. 도로 확포장 공사중에 발견된 그 화석은 남쪽 해안변 1백 $80m^2$의 암반에 골고루 분포되어 있었다고 한다. 원형에 가까운 지름 20~30cm의 육백여 개가 발견되어 당시 그 지역이 공룡의 집단 서식지로 추정되고 있다.

소리없이 그가 떠나버리기 얼마 전의 일이다.

그날 나는 어머니 병실에 다녀오는 길이었다. 여느 때

처럼 병실 앞에는 '면회사절'이라는 푯말이 걸려 있었다. 간의 일부를 잘라내는 수술을 받던 날이었다. 심장과 간을 제거해버린 어머니의 몸은 어떻게 변해 있을까. 나는 그런 어머니의 모습을 상상해보려 했지만 그건 정말 어려운 일이었다. 나는 수술을 끝내고 병실에 누워 있을 어머니의 모습이 못내 궁금하지 않을 수 없었다. 초조한 마음으로 병실 문을 두드렸다. 한참 후에야 병실에서 이모가 나왔다. 행여나 하는 마음이 있었지만 아니나다를까 어머니는 역시 나의 면회를 거절했다. 돌아가라. 볼이 움푹 패인 얼굴로 이모는 짧게 말했다. 나를 바라보는 이모의 얼굴에는 이제 그 어떤 연민 같은 것도 드리워져 있지 않았다. 점점 더 가까이 다가오는 어머니의 죽음 앞에서 이모도 경황이 없었을 거였다. 이모의 눈 밑에는 깊은 그늘이 자리잡고 있었다. 다시 한번 여쭤봐 주세요 이모. 이모는 한동안 깊이를 헤아릴 수 없는 눈길로 나를 바라보았다. 아직도 모르겠니? 네 엄마는, 너를 보고 싶어하지 않는다는 걸. 저승사자처럼 무서운 목소리였다. 이모는 나를 세워두고 병실로 들어가버렸다. 나는 이모가 들어간 병실 앞에서 우두커니 서 있다가 복도를 걸어나왔다. 이모의 자리는 이제 나뿐만 아니라 누구도 대신할 수 없다는 것을 확연히 깨닫게 된 날이기도 했다.

"그 사람이 있었던 방을 볼 수 있을까요."

세번째 만남이었다. 한영원은 골목 입구에 서 있었다.

나는 그녀를 쉽게 알아보지 못했다. 어깨까지 내려와 있던 그녀의 검은 머리카락은 귀 옆으로 바싹 잘려 있었다. 머리 모양이 변하면 잘 알고 있던 사람도 한순간 어색해 보이는 법이다. 게다가 그녀와 나는 지금까지 두 번밖에 만난 적이 없지 않은가. 그러나 단 한 번을 만나도 상대의 손놀림이며 입술의 각도까지 잊을 수 없는 사람들이 있다. 그녀는 나에게 그런 편에 속하는 사람이기는 했지만 나는 그날 그녀를 잘 알아보지 못했다. 나는 그것이 우리가 만난 곳이 너무 뜻밖의 장소였던 때문이라고 생각했다. 그녀가 무턱대고 집 앞에서 나를 기다리고 있을 거라고는 꿈에도 그려본 적이 없었으니까. 게다가 한 해가 더 지나 만나게 된 그녀의 얼굴은 몹시 상해 있었다. 갸름한 턱은 더 뾰족해 보였고 사십팔 시간이나 잠을 못 잔 사람처럼 눈자위가 푹 꺼져 있었다. 영원히 나이를 먹지 않을 것 같던 얼굴이었는데…… 이제 스물여덟의 겨울을 보내고 있는 그녀는 마치 서른다섯의 가을을 맞는 여자처럼 보였다. 나는 괜한 안쓰러움을 느끼지 않을 수 없었다. 그리고 그날, 어머니의 병실에서 돌아오는 나는 마치 서른아홉처럼 보였을 것이다. 거울을 보지 않아도 그런 내 모습을 느낄 수 있었다. 서른아홉의 나는 서른다섯의 여자를 이끌고 마당을 가로질러 갔다.

"지독하군요 여진씨. 아직도 이 방을 비우지 않고 있다니 말예요."

열쇠를 꽂고 있는 나에게 그녀가 말했다. 어쩐지 비난을 하고 있는 듯 여겨지는 목소리였다.

"미련이 많은 여자예요 당신. 미련이 많으면 인생이 고달퍼지는 법이죠."

오래 전부터 비어 있었던 방은 시간의 흐름을 잊은 듯모든 것이 그대로였다. 변한 것은 아무것도 없어 보였다. 그건 너무나 당연한 것일 테지만 나는 마치 오래된 왕릉에 들어와 있는 기분이 들었다. 저쪽 침대에 누군가 누워방문을 열고 들어오기를 기다리고 있을 것만 같았다. 무섭증이 느껴졌다. 나는 세차게 고개를 흔들어대었다.

"불 켜지 말아요!"

"……!"

나는 스위치를 더듬던 손을 그대로 멈추고 말았다. 왠지 그녀 음성이 절박하게 들려왔던 때문이었다. 그녀와 나는 어둠 속에 나란히 앉았다. 그녀는 나와 마주 앉는 것을 피하고 싶어하는 것 같았다. 내가 먼저 앉기를 기다렸다가 그녀는 간격을 두고 내 옆에 앉았다. 그녀와 나 사이에는 꽤 묵직해 보이는 그녀의 가방이 놓여 있었다. 나는 문득 그녀의 가방을 열어보고 싶었다. 가방을 열어보면 그녀에 대해 뭔가 조금은 알지도 모른다는 생각이 들었기 때문이었다. 그 사람에 대해 알고 있는 게 별로 없는 것처럼 생각해보면 나는 그녀에 대해서도 아무것도 모르고 있었다. 이상한 사람들. 그러나 어딘가 서로 닮아

있는 사람들. 그녀에 대해 내가 알고 있는 거라고는 기껏
해야 나이, 그리고 한영원이라는 이름밖에 없었다. 아, 또
하나. 그녀가 그 사람을 사랑하고 있다는 것, 그것. 사면
의 벽들이 희푸르게 빛나고 있었다.

"여진씨와 나는 둘 다 실패한 거예요."

영원히 입을 다물고 있을 것만 같아 보였던 그녀가 말
을 꺼냈다. 쓸쓸함이 잔뜩 묻어나는 목소리였다. 어둠 때
문이구나. 나는 고개를 돌려 그녀 얼굴을 바라보았다. 그
녀의 옆모습은 어둠에 가려 잘 보이지 않았다. 흰옷을 입
고 있고 벽에 머리를 기대고 앉은 그녀는 마치 작은 유령
처럼 보였다. 기괴함이 느껴지는 분위기였다. 이 방과 잘
어울리는 여자다…… 소외감…… 나는 고개를 내둘렀다.

"설명이 필요한 말이로군요."

유령에게 나는 간신히 그렇게 말했다. 아무것도 모를
것 같은 말이었기 때문이었다. 내 목소리는 꽉 잠겨 있었
다. 어둠이 목을 짓누르고 있는 기분이었다.

"그 사람의 기억을 찾아주는 거 말예요."

기억? 어려운 단어였다. 한번 빠지면 좀처럼 헤어날 수
없는 무서운 그것. 불현듯 나는 시간의 움직임이 멈추는
것을 느끼고 있었다.

"……"

"그 사람이 고고학 발굴을 할 때였어요. 한번은 파주군
에서 4백50여 년 된 미이라가 발굴된 적이 있었어요. 그

때 문화원 연구원으로 일하고 있던 그 사람은 당장 그 장소로 달려갔어요. 마치 무엇엔가 단단히 홀린 듯한 모습이었어요⋯⋯"

나는 그녀가 지금 이 어둠을 헤치면서 어디론가 나를 데려가고 있다고 생각했다. 저벅저벅 어둠을 헤치고 앞으로 걸어나가면서 그녀는 내 손을 꽉 움켜쥐고 있었다. 그녀는 어쩌면 시간의 흐름을 거꾸로 돌려놓고 있는지도 몰랐다. 나는 자꾸만 식은땀을 흘리고 있었다.

"그 미이라는 중종 때 정5품 벼슬을 지낸 정온의 묘지 이장 작업을 하다가 발견한 것이라고 해요. 얼굴 형태와 상 하체의 뼈, 심지어는 일부의 살도 썩지도 않았고 치아와 상투, 수염 등도 원형 그대로 보존되어 있었대요. 아니 그런 것들은 별로 중요한 사실들이 아녜요. 너무 길게 말하고 있군요, 지금 내가⋯⋯ 그 사람이 파주로 떠나자 나도 그 미이라의 사진을 보았어요. 나로서는 아무것도 느낄 수 없는 그런 거였어요. 마치 신문 속에 끼워져 있는 광고전단지처럼 말예요. 하지만 그는 달랐죠. 미친 사람 같았어요. 그가 그러는 건 너무 당연한 거였는지도 몰라요. 물론 나는 그를 이해했어요. 그럴 수밖에 없는 사람이었으니까요."

"왜 지금 내게 이런 이야길 하는지, 나는 잘 모르겠어요."

그녀가 이 방에 들어와 입을 열고서부터 줄곧 나는 그

말을 하고 싶었다. 차라리 지금부터 그녀가 이대로 어둠 속에 앉았다가 스르르 인사도 없이 가버렸으면 하는 생각이 들었다. 나는 혼란스러워지고 있었고 그 혼란의 느낌은 사뭇 두려운 것이었다. 나는 그녀의 가방 속을 들여다보고 싶어졌다.

"발굴된 미이라를 보고 흥분한 그에게 전화가 걸려왔어요. 그는 자꾸만 무언가 찾아야 한다고 중얼거렸어요. 술에 만취된 상태였죠. 나는 중얼거렸어요. 이봐 당신, 그걸 알아? 그깟 4백50년이란 세월은 그리 대단한 게 아니야. 당신이 모르는 게 있어. 언젠가 타클라마칸 사막에서는 삼천 년 된 여인의 미이라가 발견된 적도 있다구, 그러니까 그리 흥분할 것 없어. 당신 인생의 어느 한 부분이 어딘가에 소금기 있는 모래로 뒤덮여 있을 거라는 거, 그거 환상이야. 당신은 그걸 버려야 해. 그걸 버리지 못하면 당신 인생은 정말 끝장이라구…… 라고 말예요. 전화는 아까부터 끊겨 있었지만 나는 계속 그렇게 중얼거렸어요. 그렇게라도 하지 않으면 미쳐버릴 것만 같은 새벽이었거든요. 이해할 수 있겠어요……"

나는 고개를 저었다. 흡사 인디언의 언어를 듣고 있는 것처럼 그녀의 말을 알아듣기 어려웠다. 나는 그녀를 정면으로 마주보고 싶었다. 그러면 조금 더 그녀의 말을 이해할 수 있지 않을까. 나는 언젠가 그가 떠나고 나서 내게 처음으로 걸어왔던 전화를 기억해냈다. 아주 먼 곳이었다고 여겨졌다.

　"기적 소리가 들렸어요. 그리고 갈매기 소리, 파도 소
리 같은 것들이 한꺼번에 전해져왔어요. 이 나라에 그런
곳이 있을까요. 그런 세 가지 소리가 함께 들릴 수 있을
만한 장소 말예요. 내가 아는 장소 중에 그런 곳은 없었
어요. 순간 나는 두려워졌어요. 어쩌면 그가 있는 곳이
이 세상이 아닐지도 모른다는 생각이 들었던 거예요. 나
는 지금 이 세상에 없는 아주 어두운 나라에서 걸려온 전
화를 받고 있는 거로구나, 하는 생각을 했어요. 나는 그
곳이 어디냐고 물었어요. 그리고 내가 갈 수 있는 곳이냐
고도 물었어요, 어리석게도…… 그는 울고 있었던 것 같
아요, 아니 울고 있었던 게 분명해요. 아주 작은 흐느낌
이 내게로 전해져왔으니까요. 나는 그가 돌아오지 않을
거라는 걸 알았어요, 그때. 그런데 그곳이 어디쯤이었을
까……, 나는 아직도 가끔 그런 생각을 하곤 해요."

　나는 지금 어두운 기억 저편의 이야기들을 하고 있었
다. 내 옆에 가방을 놓고 나란히 앉아 있는 저 푸른 유령
을 향해.

　"얼마나 먼 거리를 헤매었을까요. 그곳을 찾기 위해
서…… 그러나 나는 그가 그곳을 찾을 수 있을 거라고
믿었어요. 그랬기 때문에 그냥 그를 지켜보고 있었는지도
몰라요."

　"……!"

"여진씨, 모든 것은 다 적당한 때가 있는 법이에요. 늦은 감이 있긴 하지만 이제는 그의 이야기를 들려줘야 할 때라는 생각이 드는군요. 우리 이제 다시는 만날 수 없을 테니까."

"…… 어째서 지금이, 그때라고 말하는 거죠?"

"내 마음이 그렇게 움직이기 때문이겠죠, 그건 아마도."

"뭔지 모르지만 듣고 싶지 않아요. 모든 것은 이제 돌이킬 수 없이 늦어버렸어요. 나는 그걸 알아요. 당신도 알잖아요? ……그는 돌아오지 않을 거예요."

"……"

"정동진(正東津)이라고 하는 곳이에요."

"……?"

나는 슬쩍 그녀를 돌아다보았다. 그녀가 두 눈을 감고 있는 것이 어둠 속에서 뿌옇게 드러났다. 나는 내 안의 모든 것이 긴장하며 웅크리고 있는 것을 느꼈다. 그래, 분명 우리는 지금 어디론가 떠나고 있는 거로구나. 이 여자가 나를 이끌고 있다. 시간을 가로지르면서, 혹은 그 언제쯤 시간의 흐름 속에서 부유하고 있던 그들의 한 세계로. 나는 내 손을 움켜쥐고 있는 그녀의 손을 뿌리치겠다는 생각을 저만치 밀어두었다. 나는 두 눈을 부릅뜨고 그녀가 나를 이끌고 있는 세계를 향해 점점 더 다가가기 시작했다.

"지도를 펴놓고 서울에서 정동쪽으로 직선을 그으면 동해안에서 작은 마을을 만날 수 있어요. 동해안 7번 국도를 타고 강릉 쪽에서 남쪽으로 가면 정동진이라는 이정표가 나와요. 바다에 가장 가까운 곳에 위치해 있으면서 기차역이 있는 마을이기도 하죠. 바다와 소나무, 한적한 역사(驛舍)와 기차…… 그것말고는 아무것도 없는 마을이에요."

"……"

"대합실은 하루에 여섯 번, 비둘기호가 들어올 때만 개방되곤 하죠. 지금도 그런지는 모르겠지만. 마을 안에 있는 굴다리 밑으로 백사장 가는 길이 나 있고 백사장은 곧장 역내로도 연결돼 있어요…… 역에 들어서면 해안선을 따라 끝없이 그려진 철로를 만날 수 있지요. 철길과 백사장 사이에는 소나무들이 서 있어요. 운 좋은 날이면 열차가 지나치면서 내는 기적 소리, 파도 소리, 그리고 갈매기 소리를 한꺼번에 들을 수가 있죠. 노을이 질 때면 넋을 잃을 만큼 아름다운 풍경이에요. 하지만 삭막한 곳이죠. 그것 이외엔 아무것도 없는 곳이니까요."

두 눈을 감고 있는 그녀는 제 눈앞에 펼쳐진 것들을 그대로 내게 말로 전하고 있는 듯했다. 나는 그녀가 감고 있는 그 현란한 세계로 숨어들고 싶었다. 그러나 나는 차츰차츰 지쳐가기 시작하는 것을 느끼고 있었다.

"아, 또하나, 일출을 잊었군요. 해돋이가 늦는 가을이

나 겨울이면 거대한 불덩이 앞에 역사로 진입하고 있는 첫 열차를 볼 수 있어요. 정말 장관이죠. ……이게 다예요. 내가 지금 기억할 수 있는 그곳에 관한 것들 말예요. 우리, 그러니까 그와 내가 어린 시절을 함께 보낸 곳이에요."

"그 사람은 기차 타는 것을 병적으로 싫어하는 것 같았어요. 내 기억이 맞는다면 말예요."

그녀의 말을 따라 나는 무어라 중얼거리고 있었다.

"청해횟집 아이들. 마을에선 우리를 그렇게 부르곤 했어요. 아버지가 횟집을 하고 있었거든요. 여름이면 민박을 놓기도 했어요. 그 사람과 나는 손님들 심부름을 하기도 했지요. 모든 것이 평화롭던 시기였어요. 이제는 까마득히 먼 옛날이 되고 말았지만……"

"……"

"사고였어요. 아주 짧은 시간이었어요. 갈매기 한 마리가 머리 위를 휙, 스쳐 날아가버리는 그런 짧은 시간. 오빠는, 그래요 그때는 오빠라고 불렀어요. 어쨌거나 우리는 남매였으니까요. 혹시 갈매기의 배를 본 적이 있나요?"

갈매기의 배. 그런 적이 있었던가…… 아니, 나는 고개를 저었다.

"둥글고 몹시 흰 빛이죠. 아주 새하얘요. 그 사람은, 아니 오빠는 그때 백사장에서 철로 쪽으로 걸어오고 있

던 중이었어요. 나는 역사 밖에 서서 오빠를 기다리고 있
었어요. 그때 내 머리 위로 갈매기 한 마리가 지나가고
있었어요. 손을 뻗으면 금방이라도 잡을 수 있을 만큼 아
주 낮게 날고 있었지요. 오빠가 다가오고 있었어요. 나는
눈을 들어 갈매기를 쳐다보았어요. 갈매기의 유난히 하얀
배를 말이죠. 그리고…… 기차가 지나갔어요.”

그러니까, 기차가 그의 기억을, 그의 인생을 낚아채 달
아나버렸던 거로군요…… 나는 이 방에 들어오고 나서
처음으로 그녀의 말을 이해할 것 같은 심정이었다. 그러
나 아무 말도 할 수 없었다. 그저, 갈매기의 배, 갈매기의
배, 라고 중얼거리고 있을 따름이었다.

한영원이 그 방을 다녀간 며칠 후에 나는 그의 방을 정
리했다. 그래요, 그는 다시 돌아오지 않을 거예요. 한영원
이 그 방을 떠나면서 마지막으로 한 그 말에 나도 다른
의심을 하지 않았던 때문이었다. 그는 돌아오지 않을 것
이다. 그리고 곧 어머니는 돌아가실 거였다.

나는 그 방을 정리하다가 문득 이렇게 내 안의 무언가
를 정리하지 않으면 안 된다는 생각을 하였다. 기억을 잃
어버리기 전에, 단단히 내 삶의 한 끝자락을 움켜쥐고 있
지 않으면 안 된다고 생각하였던 것이다. 그런 식으로 나
는 차츰 나이를 먹어가고 있었다.

9. 편지

화요일 오후. 나는 한 통의 편지를 받게 되었다. 저녁 찬거리를 사러 이모와 시장에 다녀오던 길이었다. 편지는 우편함 속에서 절반쯤 밖으로 비어져나와 있었다. 지나치게 흰 빛깔 때문이었을까. 나는 대번에 그것이 나에게 온 것임을 알아차렸다. 기울어지는 오후의 햇살을 받고 있는 편지를 보면서 나는 문득 그것이 어쩌면 한 사람의 죽음을 알리는 부고장일지도 모른다는 생각을 하였다. 그렇다면 과연 누구일까.

발신인을 확인하지도 않은 채 나는 이모와 마당을 지나 집 안으로 들어왔다. 장바구니를 들고 마당을 가로지르는 그 짧은 시간 동안, 나는 불현듯 잠시 후면 내가 또 어디론가 떠나게 될지도 모른다는 생각을 하였다. 흰색의 편지 때문이었다. 떠나게 되면 또 아무 말 없이 떠나야 하리라. 아무런 저항도 하지 못한 채. 설령 그곳이 이 세상에 없는 아주 낯선 곳일지라도. 그런데 이번에는 누구의 손에 이끌려서……? 어쨌거나 나는 그때 내 현재의 시간을 비집고 들어오는 아주 낯익은 발자국 소리를 들었던 것이다.

해서 나는 이제부터 더욱 눈을 크게 뜨지 않으면 안 된다는 생각을 하였다. 그곳이 아무리 낯선 곳일지라도 나는 그 세상으로 가는 길을 똑똑히 눈여겨보고 싶었던 것이다. 그러지 않으면 돌아오는 길을 잃을지도 모른다. 그곳으로 가는 길에는 가지를 부러뜨려 표시를 해놓을 수 있는 나무도 없을 것이며 또한 내 손에는 들고 있는 빵 조각 같은 것들도 없었다. 그랬기 때문에 나는 내 눈앞에 펼쳐진 텅 빈 허공을 정면으로 응시하지 않으면 안 되었다. 이 모든 것이 지금 나를 이끌고 있는 흰색의 편지 때문이었다. 일상이 출렁거리기 시작하고 있었다.

발신인의 주소는 없었다. 물론 이름이 써 있을 리는 더더군다나. 그러나 내 이름과 주소는 정확하게 기재되어 있었다. 주의를 기울이지 않으면 빠뜨리기 쉬운 우편번호까지도…… 누굴까.

쑥갓과 시금치가 든 봉지 위에 편지를 올려놓고 나는 그것을 물끄러미 바라보았다. 연녹색 채소와 흰 편지봉투는 절묘한 조화를 이루고 있었다. 선뜻 손대지 못할 아름다움 같은 것들이 느껴졌다. 봉투를 열어보지도 못하고 나는 그런 느낌에 매달려 있었다. 식탁 위에 그러고 앉아 있는 나를 의아한 눈빛으로 쳐다보고 있는 이모의 시선이 느껴졌지만 개의치 않았다.

막막한 심정이었다. 이제부터 나는 먼 길을 떠날 여장을 차리지 않으면 안 되었기 때문이었다. 발신인이 밝혀져 있지 않은 그 편지는 나로 하여금 어느 때보다도 더욱 튼튼한 신발을 꿰어차기를 요구하고 있는 성싶었다. 어디 먼 곳에서 또 나를 향한 전언이 들려오기 시작하는구나. 그렇다면 닫아둔 귀를 열어야겠지…… 망설이고 있을 여지가 없었다. 나는 허리를 굽혀 신발을 신고 두 발을 탁탁 굴러보았다. 자 이제 떠나는 거야. 나는 귀신처럼 그렇게 읊조리고 있었다.

편지에는 아무것도 씌어져 있지 않았다. 노트에서 한 장 북 찢겨진 빈 종이 한 장이 들어 있을 뿐이었다. 나는 자꾸만 침침해지고 있는 눈을 부벼대며 그것을 들여다보았다. 들여다보고 또 들여다보았다. 역시 아무것도 씌어져 있지 않았다. 빈 종이를 뒤집어 창문에 대고 비춰보았다. 행여 어딘가 잘 보이지 않는 한 귀퉁이쯤에서 어떤 희미한 흔적이라도 발견해내고자 하려는 듯이. 빈 종이 …… 죽음처럼 무서운 여백이었다. 헛것을 본 게야. 나는 마치 누군가를 향해 중얼거리듯 그렇게 말했다. 그리고 나는 이 년여 만의 세월을 거슬러 나를 찾아온 한 남자의 목소리를 듣게 되었다. 그 남자일 거라는 확신이 든 것은 나로서도 어쩔 수 없는 어떤 불가항력적인 힘이었다.

나는 귀를 열었다. 당신이로군, 이제서야 당신이 나를 찾아온 거야. 나는 바다 저 어두운 아가리 속으로 세차게 빨려들어가고 있는 자신을 발견하였다. 나는 온몸의 긴장을 풀고 물결의 흐름에 나 자신을 송두리째 떠맡기고 있었다. 이렇게, 이번에는 이런 식으로 길을 떠나고 있군 그래. 나는 나를 이끌고 있는 보이지 않는 손을 향해 중얼거렸다. 그런데 대체 당신은 지금 어디에 있는 거지……

너무 많은 말들이 종이 위에서 흘러 넘쳐 바닥으로 떨어지고 있는 것이 보였다. 나는 그가 내게로 보낸 말들을 줍기 위해 거북이처럼 납작하게 엎드려 허공을 더듬기 시작하고 있었다.

〈이빨 사냥〉. 나는 그때 고야의 이빨 사냥이라는 동판화를 떠올리고 있었다. 교수형을 받은 사내가 밧줄에 목이 걸린 채 사지를 늘어뜨리고 있는 모습. 두 손 역시 꽁꽁 묶여 있다. 그리고 그 옆에는 사내의 이빨을 훔쳐내기 위해 손수건으로 얼굴을 가리고 조심스럽게 다가서고 있는 한 여자가 있다. 교수형을 받은 사내의 이빨에는 마법적 힘이 있다고 믿는 그런 한 여자가.

내가 그 방에 들어갔을 때 한익주는 목에 전깃줄을 매

고 있었다. 그의 목을 칭칭 동여맨 것이 전깃줄이라는 것은 한참 지난 후에서야 알게 된 것이었지만. 아무튼 그는 천장에서 바닥으로 길게 서 있었다. 그렇다, 그것은 사지를 늘어뜨리고 있는 게 아니라 똑바로 서 있는 거였다. 그의 발 밑으로 층층이 쌓아놓은 책더미를 보지 못했더라면 나는 그 상황을 어떻게 납득할 수 있었을까 그때. 그러나 책더미를 밟고 서 있는 그의 모습을 이해하는 것도 그렇게 간단한 문제는 아니었다. 그는 그러고 서서 방바닥을 내려다보고 있었다. 두 눈을 부릅뜬 채로. 마치 방바닥에 무언가 소중한 것을 떨어뜨리기라도 한 것처럼. 그러나 죽음 직전에 그렇게 두 눈을 흡뜨고 바라보아야 할 만큼 버리지 못한 미련이란 게 과연 무엇일까. 나는 도무지 알 수가 없었다.

그는 나를 보자 해뜩 웃음부터 지어 보였다. 소름이 끼쳐지는 웃음이었다. 문득 그의 웃음에서 어떤 광기를 엿보았던 것 같기도 했다. 나는 그가 무서웠다. 차라리 그가 입버릇처럼 말했듯이 어서 가방을 꾸려 어디론가 떠나버리는 편이 더 나을 거라는 생각을 하기도 했던 것 같다. 그런 그의 모습은 마치 아무것도 느끼지 못하는 사람마냥 활활 타오르는 불 속으로 한발 한발 걸어들어가고 있는 듯 보였다. 아무도 그런 그를 말릴 수 없을 거라는 생각이 들었다.

나는 방문 앞에 서서 한 발짝도 움직이지 않고 있었다.

그의 곁으로 다가가지도 않았다. 나는 그의 이빨에 어떤 마법적인 힘이 있다고 믿는 어리석은 여자가 아니었다. 그리고 설령 내가 다가간다고 해도 그의 어떤 것들이 달라질 수 있을 거라는 생각이 들지 않았던 것이다. 그런 생각들이 더할 수 없도록 부질없게 느껴졌기 때문에. 아니, 내가 그런 생각을 한 적이 있기나 했을까. 아무튼 그때 나는 내가 그의 옆에 오래 머물지 못하리라는 것을 알아버렸다. 그런 그를 받아들이기에 내 인생은 지금까지 너무나 평범한 것이었다. 그리고 그는 이제 곧 떠날 거라는 사실도. 나는 그와의 만남을 통해 지금까지의 내 삶을 변형시켜 보겠다는 욕망을 멀리 떠나 보냈다. 그의 방문 앞에 서서 그런 생각들을 하고 있었다. 그의 괴기스런 모습은 마치 이별의 어떤 의식처럼 느껴졌던 때문이었던 것 같다. 강력한, 그래서 더는 붙잡을 수 없는. 이 사람은 이상한 방식으로 나와 헤어지려 하는구나. 나는 고개를 주억거렸다.

그는 천천히 목에서 전깃줄을 걷어내고는 밟고 있던 책더미 위로 걸터앉았다. 그의 눈은 여전히 방바닥을 향해 던져져 있었다. 나는 그의 시선을 좇았다. 내 눈에는 아무것도 보이지 않았다.

"이해할 수 없겠지만, 혹시나 하는 마음이었어…… 죽음에 가까워지면, 내 과거를 들여다볼 수 있을까 해서 말이야."

처량하게 들리는 목소리였다. 그러나 그의 말처럼 나로서는 도무지 종잡을 수 없는 말이었다. 나는 돌처럼 딱딱하게 굳어가고 있는 자신을 발견했다.

"!……"

"내가 잃어버린 것들 말이야. 이를테면 기억이나 시간 같은 것들 말이지…… 그런데, 역시 아무것도 보이지 않는군."

"당신은…… 그래요, 당신은 제정신이 아녜요. 목을 매달고 그렇게 방바닥을 뚫어져라 쳐다보고 있으면, 뭐가 보일 거라고 생각했나요? 어리석군요. 그래 대체 저 더러운 방바닥에 뭐가 보이나요?"

나는 화를 내고 있었다. 참을 수 없이 화가 나고 있었다. 그때 어머니는 완전히 위를 제거한 채로 투병을 하고 있던 상태였다. 나는 죽음에 임박해 있는 어머니를 생각했다. 어머니는 이제 곧 문을 열고 저쪽 먼 나라로 새하얗게 사라져버릴 거였다. 그건 정말이지 아무도 말릴 수 없는 상황일 것이다. 그래서 나는 그의 가짜 죽음에 화가 난 것일 터였다.

"말했잖아, 아무것도 보이지 않는다고 말이야! 제발, 당신 인생에 단 한 번만이라도 나를 이해하려고 애를 써봐."

화를 내고 있는 건 그였다. 그는 성난 짐승처럼 으르렁거렸다. 나는 그가 울고 있다고 생각했다. 실제로 그가 흐느껴 운 것은 그러고도 한참이 지난 후였지만.

"당신이 아무리 내 귀를 잡고 흔들어댄다고 해도 이해할 수 없는 건 이해할 수 없는 거예요."

"......"

"죽음을 가지고 장난하는 건 몹쓸 짓이에요. 그건 바로 죽음을 모독하는 거라구요. 당신, 대체 죽음이라는 게 뭔지 알기나 하는 거예요? 우린 그런 걸 말할 자격이 없을지도 몰라요. 살아 있으면서, 살아 있는 사람들은 그런 걸 알기 어려운 법이잖아요."

나는 내가 무슨 말을 하고 있는지도 모르면서 허공에 대고 소리치고 있었다. 눈 앞이 뿌예지기 시작했다.

"그래도 아주 죽는 것보단 낫잖아요. 살아 있으면서 잃어버리는 게 낫잖아요. 잃어버리게 된 건 그대로 잊는 거예요. 더이상 미련 갖지 말아요. 그리고 그걸 알아야 해요. 당신 인생엔 아직 시작도 못한 시간이 남아 있다는 거 말예요......"

이상한 밤이었다. 나는 줄곧 무어라 끊임없이 주절거리고 있었다. 어쩌면 나는 나도 모르게 그가 걸어가고 있는 불 속을 향해 한 발을 내딛고 있을지도 몰랐다. 나는 그런 내가 불안해졌다.

"......두려워. 내 머릿속에서 완전히 사라져버린 그 모든 것들이 두려워. 아무도 이해할 수 없을 거야."

그는 거칠게 내 앞섶을 헤치면서 다가왔다. 나는 내 가슴에 흐르고 있는 그의 눈물을 느끼고 있었다. 나는 몸부림치고 있는 작은 물고기 한 마리를 꽉 부둥켜안고 깊은 심연으로 떨어지고 있었다. 눈이 멀 것만 같은 새하얀 어둠이 닥쳐오기 시작했다. 다시는 뜨지 않을 것처럼 두 눈을 꾹 감아버렸다.

기차. 소나무. 갈매기. 바다. 파도 소리. 그는 혼귀를 부르듯 자꾸만 그렇게 읊조리고 있었다. 나는 그를 따라 소리내어보았다. 기차. 소나무. 갈매기. 바다. 파도 소리……

그날 밤, 나는 처음으로 그에게서 한영원의 이야기를 듣게 되었다.

아주 이상한 여자가 있어. 그녀는 마치 내 지워져버린 모든 시간들을 알고 있는 것만 같아. 어쩌면 내 전생까지도 말이지. 그녀 얼굴을 들여다보고 있노라면 어렴풋하긴 하지만 무언가 내가 잃어버린 것들이 떠오르는 것 같기도 해. 어쩐지 나와 닮은 데가 있는 것 같기는 한데 역시 전혀 기억할 수 없는 여자야. 혹 전생의 내 모습이 아니었을까 하는 생각도 들고. 한데 왠지 그 여자에게는 내가 다가설 수 없는 게 있어. 내가 다가서려 하면 뭔가 거대한 흰 장막이 드리워지는 것을 느껴. 그 여자와 나 사이에 말이지. 대체 나는 어디서 그 여자를 본 것일까. 그런 아주 이상한 여자가 하나 있어……

이제 서른세 살인 남자 짙은 안개 속을 헤매듯 더듬더듬 그런 이야기를 하고 있었다. 그와 헤어져 한영원을 만나게 되기까지 나로서는 도저히 알아들을 수 없는 이야기들이었다. 하지만 나는 그의 목소리에 귀기울이고 있었다. 그것만이 그를 위해 내가 할 수 있는 최선의 노력이라고 여겨졌기 때문에. 그를 이해하고 싶었다. 하지만 시간의 흐름 속에서 부유하고 있는 그를 위해 내가 할 수 있는 것은 아무것도 없었다.

그의 등뒤에서 나는 자꾸만 아득해지고 있었다. 어쩌면 나는 그때까지도 사랑하는 방법을 모르고 있었던 것은 아니었을까. 그가 떠난 후에야 나는 비로소 내가 그동안 그를 사랑하고 있었다는 것을 깨닫게 되었다. 그러나 그때는 이미 모든 것이 늦어버린 시기였다. 그 대신 나는 한 여자를 알게 되었던 것이다. 그가 말했던, 아주 이상한 여자를.

일 년 전 여름에 만났던 우리는 그해 여름에 헤어졌다. 스물일곱번째 여름이었고 나는 내년 여름이면 또 어떤 식으로든 지금과는 다르게 변해 있을 내 모습을 상상하며 진저리를 치고 있었다. 사루비아꽃처럼 활활 타오르던 여름이었다.

10. 외출

　우울증에 좋은 영양소는 탄수화물이다. 탄수화물은 인슐린 분비량을 늘리고 진정 효과가 있는 것으로 알려진 세로토닌이라는 화학물질을 뇌에서 많이 나오도록 자극하는 역할을 한다. 탄수화물이 많이 함유된 식품들은 현미나 통밀, 국수, 감자 등이 있다. 설탕은 우울증을 악화시키는 역할을 한다. 그래서 우울할 때 당분을 많이 섭취하면 비만의 원인이 되기 십상이다. 이것 역시 모두 이모에게 들어서 알고 있는 상식들이었다.

　그날 오후 나는 이모를 위해서 감자빵을 만들고 있었다. 맛이 담백하고 소화가 잘 되는 감자빵은 주로 북유럽이나 소련, 독일 등지에서 주식으로 애용되고 있는 빵이었다. 껍질을 벗기고 삶아서 으깬 감자에 녹인 버터를 넣은 다음에 곱게 체질한 밀가루를 섞었다. 감자빵은 실기 시험 품목에서도 제외되어 있는 빵이었지만 나는 이모를 위해 그 빵을 만들고 싶었다. 게다가 다른 때보다 감자 양을 늘린 것도 오로지 이모 때문이었다. 나는 이모가 지금 우울한 상태라고 생각하였다. 그런 것을 내게 말로 표현할 이모는 아니었지만 나는 무턱대고 그렇게 믿어버렸다. 어쩐 일인지 해가 다 저물도록 이모의 모습은 보이지 않고 있었다. 이모는 또 방문을 굳게 닫고 침대에 누워 있을 터였다.

자주 있는 일은 아니지만 어쩌다 가끔 이모는 이불을 뒤집어쓰고 하루 종일 자리에서 일어나지 않곤 하였다. 왜 그러느냐고 물어보면 특별히 어디 몸이 불편해서 그러는 것도 아니었다. 그러면서 식사도 거르고 내처 잠만 잤다. 하루 종일 문을 닫아놓은 그 방에서 이모가 잠을 자고 있는지 어떤지는 눈으로 보지 않아서 알 수 없었으나 이모의 말을 빌리면 그렇다고 했다. 생각할 게 많은가 보죠? 썩 내키지는 않았지만 가끔 주스잔이나 물컵을 들고 그 방에 갈 때면 나는 그렇게 묻고는 하였다. 그럴 때마다 어쩌면 내 목소리는 약간쯤 조소의 감정을 드러내고 있었던 것은 아니었을까. 다소 신경질적인 목소리였을지도 모른다. 그래, 아마도 그랬을 것이다. 이모는 잠을 자고 있는 것 같지는 않았다. 무슨 깊은 생각에 빠져 있다가 내가 방문을 열고 들어서는 기척이 있으면 재빨리 눈을 감아버리는 것 같았다. 그런 느낌을 받았다. 혹, 이모가 눈을 감을 때 흔들리는 그 미세한 공기의 움직임을 나는 놓치지 않았던 것이다.

일차 발효를 시킨 반죽을 가스를 빼고 둥글게 말다가 나는 한순간 이모를 위해 감자빵을 만들고 있는 자신이 몹시 어색하게 느껴졌다. 분명한 것은 아니지만 나는 이제 이모를 이해하며 사는 것을 포기하고 있는지도 몰랐다. 혹은 내가 느끼지 못하는 새에 차츰차츰 이모의 존재를 받아들이기 시작한 것은 아닌지. 나는 휘휘 머리를 내저었다. 둥글게 모양을 빚은 반죽을 오븐에 넣고 타이머를 조절하였다.

오후가 완전히 기울도록 이모는 방에서 나오지 않고 있었다. 혹시 마당에 나가 앉아 있는 것은 아닐까 싶어 나는 주의 깊게 어두워지고 있는 이층 창 밖을 내려다보았다. 노을이 번지고 있는 마당에는 담장 주위로 희게 보이는 등나무꽃이 고개를 수그리고 있었다. 해가 저물기 전에는 은은한 연보라 빛깔일 터였다. 이제 꽃잎을 떨군 라일락들은 한층 키를 더하고 있을 따름이었다. 작은 화단에는 이름을 알 수 없는 꽃나무들이 심어져 있었다. 한눈에 보아도 아담하고 손길이 많이 간 정원이었다. 요람처럼 아늑해 보였다.

어머니와 아버지 그리고 이모가 좋아했던 곳. 그들의 시선을 오래도록 붙잡고 놓아주지 않았던 이곳. 나는 울울해지기 시작하는 것을 느꼈다. 이제 얼마 뒤면 이 집을 떠나게 될 것이다. 나는 이층에서 내려다보는 마당의 모습을 사진이라도 찍듯 한동안 숨을 멈추고 응시하였다. 골목 초입에서부터 어둠이 밀려들기 시작하고 있었다.

어디에도 이모의 모습은 보이지 않았다.

나는 이모의 방문 앞에 서서 한동안 주춤거리고 서 있었다. 사뭇 가슴이 떨리는 것만 같았다. 이모가 없을지도 모른다는 생각이 들었기 때문이었을까. 아니면 이모가 그 방에 천연하게 앉아 있는 것을 마주치는 게 두려웠던 것일까. 내 마음을 도무지 종잡을 수가 없었다. 어쩌면 그 둘 다 아니었을지도 모른다. 그렇다면 나는 무엇 때문에 가슴을 떨고 있었던 것일까.

툭, 툭. 방문을 두드려보았다. 아무 소리도 들리지 않았다. 나는 마치 관 뚜껑을 열듯 섬뜩한 기분을 느끼며 방문을 열었다. 오래 전부터 사람이 살지 않았던 방처럼 냉큼 한기가 몰려들었다. 나는 천천히 이모의 방을 훑어보았다. 침대는 가지런히 정리되어 있었고 화장대 위도 먼지 하나 없이 말끔해 보였다. 또 무슨 신문에서 오려낸 기삿거리가 있나 해서 화장대 위를 살펴보았지만 그런 것은 눈에 띄지 않았다. 알 수 없는 일이었다. 어디를 간 걸까 이모는. 옷장을 열어보았다. 외출할 때 들고 다니곤 하던 구슬이 달린 검은 핸드백은 옷장 한구석에 그대로 놓여 있었다. 핸드백 속에는 현금이 든 지갑과 그밖의 잡다한 소지품들이 얌전히 들어 있었다. 어디 멀리 간 것 같지는 않다. 나는 그런 생각을 하며 이모의 방을 나왔다.

이모가 한마디 말도 없이 어디론가 스스로 떠날 수 있을 거라고는 한 번도 생각해본 적이 없었다. 사실 나는 이모에 대해 그다지 많은 생각들을 한 적이 없는 것 같다. 이렇게 한 집에 살고 있기는 하지만. 곤지암에라도 간 걸까. 곤지암은 집에서 가까운 관악산 깊숙한 곳에 들어앉은 오래된 절이다. 어머니가 돌아가신 이후 이모는 가끔 그 절을 찾곤 하였다. 어머니 위패를 모시고 있다고 했다. 아주 드물기는 하지만 아버지도 가끔 그 절에 다녀오곤 하는 것 같았다. 그런 말을 하지는 않았지만 그럴 때마다 나는 아버지를 따라온 어떤 냄새를 맡을 수 있었다. 향 냄새? 글쎄…… 나는 그때 아버지의 몸에서 풍겨나곤 하는 그 냄새를 제대로 표현할 수가 없다. 어쨌거나 그 냄새를 맡을 때마다 나는 아버지가 어머니를 만나고 오는 길이라는 것을 눈치챌 수 있었다. 아버지를 따라온 그것은 어쩌면 죽은 어머니의 냄새일지도 몰랐다. 그러나 그건 내가 기억하고 있는, 살아 있을 적의 어머니 냄새와는 조금 다른 것이었다. 죽음 뒤에 어머니는 냄새까지 달라진 것일까. 나는 고개를 저었다. 무엇보다도 나는 내

후각의 기억을 믿고 싶었다.

어머니를 만나고 돌아오는 아버지의 얼굴은 매양 어둡기만 하였다. 아버지와 이모가 동행해서 절을 찾는 것은 한 번도 본 적이 없었다.

이모의 방을 나오면서 나는 흘끗 현관문을 쳐다보았다. 금방이라도 문을 열고 이모가 들어설 것만 같았기 때문이었다. 그런데 정말 어딜 간 걸까 그녀는.

이모가 돌아온 것은 그후 사흘 뒤였다.

아버지는 이모의 긴 외출에 대해 아무런 말도 하지 않았다. 내가 아버지 이건 어쩌면 외출이 아니라 가출일지도 몰라요, 라고 말했을 때도 아버지는 굳게 입을 다물고 있기만 하였다. 가출이라는 말을 입에 올렸을 때 나는 약간 웃음이 나오기도 했다. 쉰을 눈앞에 둔 여자의 가출이라니. 그저 조금 길어지고 있는 외출이라고 믿고 싶었다. 그렇게 믿지 않으면 머릿속이 몹시 복잡해질 것만 같았다. 아무 말이 없는 아버지를 멀건히 쳐다보면서 나는 혹시 아버지는 이모의 행방을 알고 있는 것은 아닐까 하는 느낌을 받았다. 나만 모르고 있구나. 그 일이 아니더라도 아버지와 어머니 그리고 이모 사이에는 내가 알면 안 되는 어떤 비밀 같은 것들이 느껴지곤 했었다. 궁금하긴 했지만 나는 구태여 그런 것들을 알고 싶지는 않았다. 어쩌면 그것은 나와는 전혀 상관 없는 일일지도 몰랐으니까.

나는 피곤했다. 그래서 내 인생과 관계되지 않는 것들은 조금도 알고 싶지 않았다. 그러나 과연 그들 세 사람이 내 인생과 아무런 상관 없는 관계라고 여겨도 되는 것일까…… 나는 자신이 없었다.

아침부터 하늘이 흐리고 바람이 몹시 불어대고 있었다. 건너편 집 옥상에 널린 빨랫감들을 보면서 바람이 불고 있다는 것을 알았다. 눈이 시도록 흰 기저귀감들이 펄펄 휘날리고 있는 것을 보면서 나는 오늘은 외출을 삼가고 집을 지키고 있어야겠다는 생각을 했다. 오늘은 어쩌면 이모가 돌아올지도 모른다는 예감이 들었기 때문이었다. 바람 때문이었을까. 이유를 알 수는 없었지만 나는 오늘 이모가 돌아올 것을 확신하였다. 단단히 창문을 걸어둔 채 나는 창 밖을 내다보고 있었다.

유년 시절에도 나는 이렇게 창 밖을 내다보고 서 있는 것을 좋아했던 것 같다. 그것은 나도 모르는 사이에 어머니에게서 배운 버릇일지도 몰랐다. 그때만 해도 나는 창가를 서성거리곤 하던 어머니 모습에서 부서지지 않을 것 같은 평화로움을 느끼곤 하였으니까. 훗날 그것이 내가 어머니를 기억할 때마다 섬뜩한 모습으로 떠오를 줄은 미처 몰랐을 것이다. 그런 기미는 전혀 보이지 않았으니까 말이다.

어린 내가 창가를 서성이고 있는 것을 볼 때마다 어머니는 못 볼 것을 보았다는 듯 가만히 고개를 돌리고는 하였다. 소리를 내지는 않았지만 나는 어머니가 혀를 차고 있을지도 모른다고 생각했다. 저토록 어린 것이…… 어머니의 모습은 어린 내게 그런 말을 하고 있었다. 여하튼 나는 그때도 유리창을 통해 내다보이는 적요로운 풍경들이 좋았다. 손으로 만질 수는 없지만 날이 저물도록 바라볼 수 있는 세상. 세상은 한 번도 정지된 상태로 가만히 있지는 않았다. 나는 그것이 태양 때문이라고 생각하였다. 시시각각으로 변해가던 그 오묘한 빛의 색깔들. 사각의 창을 통해 내다보이는 세상은 내게 나무랄 데 없이 구도가 좋은 한 점 살아 있는 정물화처럼 느껴졌다. 그러나 나는 유리창 밖에 있는 그 세상 속으로 뛰어들고 싶은 마음은 조금도 없었다. 그때, 아주 어렸을 적에도 말이다. 허나 나는 가끔 팔을 뻗어 세상을 덮고 있는 그 빛깔들을 만져보고 싶기도 했다. 그럴 때마다 나는 창문에 이마를 꼬옥 갖다대곤 하였다. 그건 아마도 내가 이 세상을 살아가는 하나의 방식이 아니었을까. 누구에게나 저마다 그런 것은 하나씩 있기 마련일 것이다. 자기만의, 이 세상을 살아가는 독특한 방식 같은 것들 말이다. 나는 어려서부터 내가 터득한 그 방식이 아주 마음에 들었다.

나는 화급히 창에서 이마를 떼어냈다. 골목 어귀에서 한 여자가 걸어오고 있었던 탓이었다. 나는 좀더 눈여겨 그녀의 모습을 내려다보고 싶었으나 현관문이 잠겨 있다는 것을 기억해냈다. 서둘러 아래층으로 내려갔다. 어쩌면 잠긴 현관문을 서너 번 흔들어보다가 그녀는 그대로 돌아서버릴지도 몰랐다. 어째서 그런 생각이 들었는지는 모르겠다. 아무튼 나는 그런 생각들 때문에 마음이 다급해지고 있었다. 그때 나는 이미 그녀를 그냥 돌아서게 하면 안 된다는 것을 알고 있었는지도 몰랐다. 세게 현관문을 밀쳤다.

그녀는 마치 무덤을 파헤치다 말고 돌아온 사람처럼 보였다. 집에서 입고 있던 옷 그대로에 신발에는 잔뜩 진흙이 엉겨붙어 있었다. 손에는 아무것도 들려 있지 않았지만 한눈에도 몹시 더러워 보이는 손이었다. 머리카락은 그녀 뺨 위에 제멋대로 엉겨붙어 있었다. 나는 아무 소리도 못하고 그녀를 쳐다보았다. 누리끼리한 안색이었다. 그녀는 나를 향해 보일 듯 말 듯 희미한 미소를 지었다. 그러나 나를 보고 있는 것 같지는 않았다. 끝간 데를 모를 눈빛이었다. 괴기스러움이 느껴졌다. 그녀는 꿈을 꾸고 있는 듯한 느린 걸음걸이로 자신의 방을 향해 걸어들어 갔다.

"이모!"

나는 그녀가 들어간 방에 대고 거칠게 소리질렀다. 그렇게라도 하지 않으면 못 견딜 것만 같은 심정이었다. 둔중한 소리를 내며 문이 닫히고 있었다.

그날 저녁, 나는 사흘째 냉장실에 보관하고 있던 감자빵들을 모두 쓰레기통에 던져넣었다. 아직 아무도 손대지

않은 빵이었다. 나는 그 빵이 부패하는 것을 내 눈으로
확인하고 싶지 않았다. 두려웠다. 하지만 그 빵에는 벌써
정어리처럼 푸른 빛깔의 곰팡이들이 앞다투어 피어오르
고 있었을지도 몰랐다.

　이층으로 올라가려다 말고 나는 퍼뜩 걸음을 멈추었
다. 다시 계단을 내려왔다. 나는 쓰레기통을 뒤적거려 감
자빵 하나를 집어들고는 입으로 덥썩 물었다. 아무것도
느낄 수 없는 맛이었다. 태어나서 처음으로 눈물 흘리는
사람처럼 나는 서툴게 흐느끼고 있는 자신을 바라보고
있었다.

11. 사과파이

아버지가 돌아가셨다.

어머니의 기일이 일주일 지난 후였다. 나는 아버지의 죽음을 잘 납득할 수가 없었다. 아버지는 술에 취한 채 무단 횡단을 한 것도 아니었고 혹은 아버지가 타고 있던 차를 누가 들이받은 것도 아니었다. 쉰여섯 살의 아버지는 자살하는 방식으로 죽음을 선택하였다. 나는 아버지가 선택한 죽음의 방식도 그다지 마음에 들지 않았다. 시기 또한 그랬다. 아버지는 내부공사가 한창 진행중이던 상가 안에서 목을 매고 죽었다. 이제 그 상가에는 아무도 세를 들려고 하는 사람이 없을 것이다. 상가는 곧 허물어야 할 터였다. 아버지가 죽었다는 사실을 알았을 때 나는 그런

생각들을 하고 있었다. 그밖에 달리 생각하고 싶은 것은
아무것도 없었다. 아무튼 나로서는 이해하기 힘든 죽음이
었다. 아버지는 아무런 예고도 없이 죽어버렸다. 나는 아
버지에게 영원히 버려졌다는 사실을 깨달았다.

내게 아버지가 죽었다는 사실을 알려준 사람은 이모였
다. 나는 불을 끄고 돌아누워 누군가 이층을 올라오고 있
는 발자국 소리를 듣고 있었다. 전혀 실체감이 느껴지지
않는 가벼운 걸음 소리였다. 작은 새 한 마리가 계단을
올라오고 있는 것만 같았다. 누굴까? 나는 벽에 귀를 바
싹 붙였다. 시간의 흐름을 잊은 듯 아주 느린 저 걸음 소
리. 그렇다면 어머니일까? 나는 숨을 죽이고 새벽 네시에
나를 향해 다가오고 있는 발자국 소리에 온 신경을 기울
이고 있었다.

이윽고 방문 열리는 소리가 들렸다. 누군가 훌쩍 방 안
으로 들어왔다. 역시 가벼운 걸음이었다. 그러나 나는 알
고 있었다. 내 삶을 뒤흔들려고 다가오는 저 불안한 공기
의 움직임을. 나는 두 눈을 부릅뜨고 벽을 쏘아보고 있었
다.

"일어나라."

이모는 방 한가운데 우뚝 서서 내게 말했다. 담담한 목
소리였다. 나는 모로 누운 채 이모의 목소리를 듣고 있었
다. 그러나 이제는 더 버티고 있어봐야 소용없는 짓이었

다. 그게 무언지는 모르지만 나는 그것으로부터 단단히 목덜미를 잡히고 만 것이다. 나는 스르르 일어나 침대에 걸터앉았다. 어둑한 방 안에 이모는 검은 그림자로 서 있었다. 불을 켜야 하지 않을까 하다가 그냥 내버려두기로 하였다. 불이 필요한 이야기가 아닐 터였다. 그런 것은 직감할 수 있었다. 새벽 네시에 누군가 내 방을 올라오는 발자국 소리를 들었을 때부터 나는 조금씩 내가 가진 나이들이 흔들리기 시작하는 것을 느끼고 있었으니까 말이다.

"아버지가 돌아가셨다."

"!……"

아버지가 돌아가셨다. 나는 이모가 방금 내게 던진 말을 그대로 발음해보았다. 그것은 분명히 어머니가 돌아가셨다, 라는 말과는 다른 의미를 내포하고 있었다. 할말을 다 했다는 듯 그 말을 마치자마자 이모는 그대로 방을 나가버렸다. 이번에도 아주 느린 걸음이었다. 나는 이모가 이층 계단을 내려가는 발 소리를 듣고 있었다. 그러나 나는 알고 있었다. 저 계단을 내려가고 있는 발자국 소리의 의미를. 그것은 할말을 다 쏟아내지 못하고 돌아서는 미련이 남아 있는 발자국 소리였다. 사무침이 많은 저 걸음 소리.

나는 그제서야 불을 켜고 시계를 쳐다보았다. 네시 십분을 지나고 있었다. 불을 껐다. 어디선가 깃털 하나가

11. 사과파이　125

날아와 내 이마에 와 닿는 것이 느껴졌다. 그것은 어디, 먼 산 먼 바다를 가로질러 우연히 내게 날아온 것일 터였다.

나는 둥그렇게 어둠을 껴안고 앉아, 새벽 세시 삼십분이나 혹은 네시로 시간을 다시 돌려놓고 싶다는 생각을 하고 있었다.

* 사과파이 만드는 방법

1. 파이팬에 쇼트닝을 바르고 밀가루를 묻혀 털어낸다.

아버지는 왜 그런 식으로 죽음을 선택하지 않으면 안 되었을까.

2. 밀가루는 두세 번 체에 내리고 버터는 1cm 크기로 자른다.

아버지는 올해로 쉰여섯 살이었다.

3. 밀가루에 버터를 넣고 스크레이퍼로 잘게 자르면서 섞는다.

그 나이라면 조금씩 삶을 포기하는 것에 익숙해질 때가 아닐까.

4. 냉수를 붓고 가볍게 뭉쳐서 비닐봉지에 넣어 30분간 냉장고에 둔다.

어쩌면 아버지는 외로웠는지도 모른다. 그러나 외롭다는 이유로 목숨을 버릴 만큼 아버지의 나이는 가볍지 않다. 삼십 분? 나는 잠깐, 한 인간이 가질 수 있는 외로움의 깊이에 대해 생각해본다. 허나 그것은 죽음처럼 잘 느낄 수 없는 것들이다. 그 무거운 것들.

5. 4를 직사각형으로 밀어 세 번 접기를 3회 반복한다.

이제 나는 정말 혼자다. 그러나 잘 믿기지 않는 현실이다.

6. 사과를 깎아 씨를 빼고 8등분해서 4mm 크기로 썬다.

아버지가 죽은 것은 어머니의 기일이 일주일 지난 후였다.

7. 사과와 설탕을 함께 조린 다음 계피가루를 넣고 식혀 브랜디를 섞는다.

그렇다면 아버지는 어머니가 돌아가시고 난 후에 줄곧 자신의 죽음을 준비하고 있었던 것일까.

8. 파이 반죽을 2~3mm 두께로 밀어 팬 크기로 잘라 바닥에 깐 다음 가장자리를 도려낸다.

그럴 만큼 아버지는 그토록 지독하게 어머니를 사랑했던 것일까.

9. 포크로 구멍을 낸 다음 그 위에 사과 조림을 넣는다.

어머니는 일 년 전에 돌아가셨다. 그리고 이제 아버지도 돌아가셨다.

10. 파이 반죽을 1.5cm 폭으로 팬 크기보다 조금 더 긴 끈을 만든다.

남은 사람은 이모와 나 단둘밖에 없다.

11. 9의 둘레에 달걀물을 바르고 끈으로 엇갈리게 엮는
다.

죽음을 준비한 장소도 이해할 수 없기는 마찬가지다.
아버지는 남아 있을 나를 전혀 염두에 두지 않았던 것이
다. 이모 또한.

12. 가장자리를 포크 끝으로 눌러주고 다시 달걀물을
바른다.

상가는 곧 헐릴 것이다.

13. 240~260C 오븐에서 굽다가 갈색이 나면 50~
60C를 내려 40분간 더 굽는다.

어쩌면 이제 이모와 나도 헤어져야 할 시간인지 모른
다. 나는 또 헤어진다는 것에 대해 생각해본다. 충분히
그럴 수 있는 일이다. 아마도 우리는 헤어질 것이다. 헤
어지지 않아야 할 아무런 이유가 없기 때문이다. 나는 기
어이 이모와 헤어질 것이다.

14. 살구잼과 브랜디를 섞어서 뜨거울 때 표면에 바른
다.

아버지는…… 사과를 좋아하였다.

12. 흑백사진

　가끔 우리는 허를 찔리듯 지나간 한 시절의 부름을 받게 되는 경우가 있다. 그것은 어떤 질긴 생의 끈 같은 것이기도 해서 고개를 내젓는다거나 시선을 돌린다고 쉽사리 외면할 수 있는 성질의 것이 아니다. 지나간 한 시기가 현재로 파고들 때, 그때는 그저 고개를 주억거리며 다가오는 그것의 부름에 응답하지 않으면 안 된다. 아무런 이유도 없이 찾아오는 옛 시간은 없는 법이기 때문이다.

　한 장의 흑백사진. 나는 오늘 내 무릎 위로 우연처럼 툭, 떨어지는 흑백사진 한 장을 본다. 그리고 그것은 나를 아주 오래 전의 한 시기로 되돌아가게 만든다. 하여 이렇게 나는 또다시 지나간 시간으로부터 단단히 발목을 붙잡히고 마는 것이다.

천구백육십오년 충남 공주군 정안면 평정리 상증암 마을에서. 사진 뒷면에는 그렇게 씌어져 있다. 낯익은 필체다. ㄹ과 ㅁ획을 흘려쓰는 어머니의 필체. 충남 공주군은 어머니의 고향이다.

스물두 살의 어머니는 목언저리에 검은 리본이 달린 흰 블라우스와 무릎까지 내려오는 치마를 입고 있다. 오른손에는 양산이 들려 있고 어머니 얼굴은 그늘에 반쯤 가려져 있어 어두워 보인다. 그 나머지 반쪽 얼굴도 환해 보이지는 않는다. 아리도록 부신 햇살 때문이었을까. 어머니 옆에 역시 하얀 원피스를 입고 있는 사람은 스무 살의 이모인 게 분명하다. 통통한 두 볼에 두 눈을 둥그렇게 뜨고 있는 이모는 더럭 겁이 나 있는 표정이다. 두 여자의 표정은 모두 굳어 있다. 천구백육십오년이라면 내가 태어나기 한 해 전이다. 그런데 어째서 지금 이 오래된 사진 한 장이 나를 찾아온 것일까.

어머니와 아버지가 만나게 된 배경에 대해 내가 알고 있는 사실들은 거의 없다. 그것뿐만이 아니라 생각해보면 나는 어머니의 처녀 적 시절에 대해서도 들은 게 별로 없는 편이다. 이상하리만치 어머니는 자신의 젊은 시절에 대해서 이야기하는 것을 꺼려했던 것 같다. 나는 그런 어머니에게 더이상 어떤 것도 물어볼 수가 없었다. 내가 기억하는 어머니는 다섯 살 이후부터가 아닌가 싶다. 그 전의 어머니에 대해서는 아무것도 아는 게 없다. 혹시 어머니는 태어나자마자 스물두 살이었던 것은 아닐까. 그 이전의 삶은 이 세상 것이 아닌.

어머니는 결혼 전에 마을 언덕 위에 있는 예배당에 다녔고 아버지는 오직 어머니와 결혼하기 위해 예배당엘 다녔다는 이야기를 얼핏 이모에게 들은 적이 있다. 별로 특별할 게 없는 만남이라고 생각한다. 그렇기는 하지만 집안 대대로 불교를 믿는 가정에서 성장한 아버지로서는 하기 힘든 노력이었을 터였다. 아버지는 어머니를 사랑했을 것이다. 어머니는 어떠했는지 나로서는 지금까지도 알 수 없지만.

외할아버지는 떡 만드는 일을 했는데 지금의 방앗간과는 조금 다른 것이었던 듯싶다. 외할아버지가 처음 만들었다는 찰떡주머니라는 팥앙금이 든 새끼손가락만한 찹쌀떡이 그 당시 인기가 좋았다고 한다. 외할머니가 지병으로 일찍 돌아가시자 장녀였던 어머니는 외할아버지가 하고 있던 가게 일을 돕기 시작했다고 한다. 여고 이학년을 중도에 그만두고. 여기까지가 내가 알고 있는 젊은 시절의 어머니에 대한 아주 사소한 것들이다.

어머니를 생각할 때마다 왠지 모를 두려움을 느끼기 시작했던 것은 아마도 내가 『선녀와 나무꾼』이라는 동화를 읽고 난 후일지도 모른다. 다섯 살? 여섯 살? 아마도 그때쯤일 거라고 생각된다. 하지만 기억은 언제나 믿을 수 없는 것이기에 나는 다만 그때 내가 그랬으리라고 현재에 와서 다시 생각하는 것이다. 어머니가 읽어주는 그 동화를 듣다 말고 나는 엉겁결에 어머니의 치맛자락을 와락 움켜쥐었던 것 같다. 나의 아버지는 나무꾼도 아니었으며 더더욱 어머니가 날개옷을 잃어버린 선녀도 아닐 터였지만 어쨌거나 나는 어머니가 아버지와 나를 두고 한마디 말도 없이 어디론가 떠나가버릴지도 모른다는 느낌을 받은 것이 분명했다. 동화에서처럼 어머니는 나를 데리고 갈 것 같지는 않았기 때문이었다. 나는 그때 어쩌면 어머니가 언젠가는 나를 버릴 거라는 예감을 했었는지도 모른다.

어머니의 치맛자락을 움켜쥐었을 때, 나를 쳐다보던 어머니 눈빛을 나는 지금도 잊을 수가 없다. 어머니는 아주 낯선 타인처럼 어린 내 얼굴을 들여다보았다. 어떤 감정도 실리지 않은 그런 얼굴. 나는 어머니의 눈동자에서 얼핏 스치고 지나가는 그림자를 본 것도 같았다. 아무튼 어머니의 검은 눈동자에 비친 것은 내가 아니라 다른 무엇이었다. 어머니는 나를 보고 있는 것이 아니었을지도 모른다. 어쨌거나 나는 어머니가 내가 느끼고 있는 두려움을 눈치채고는 얘야 이건 동화일 뿐이란다, 속삭여주면서 가만히 나를 끌어안아주기를 기다렸다. 허나 어머니는 치맛자락을 붙잡고 있는 내 손을 조용히 밀어내었다. 지금도 눈을 감고 있으면 그때 나를 밀어내던 어머니 손의 서늘한 기운과 손목의 놀림까지도 또렷이 묘사할 수 있을 것만 같다. 조용하지만 단호한 물리침. 가슴을 떨었던가 그때. 무엇으로 문질러도 지워지지 않을 그런 무서운 기억이다.

그런데 정말 어머니는 나를 버린 것일까. 아니다 그렇지는 않을 것이다. 어머니는 그저 나를 떠나갔을 뿐이다. 어차피 우리는 한 번은 헤어져야 하는 운명이었으니까. 어머니는 어머니의 방식대로 그 시절을 소중히 간직하고 있었을 것이다. 아직은 내가 알 수 없는 그런 방식으로. 그래서 자신의 청춘 시절에 대해서는 아무에게도 섣불리 이야기하고 싶어하지 않은 거라고 나는 짐작할 뿐이다. 왜 그런 사람들이 있지 않은가, 유독 자기 자신을 사랑하는 그런 사람들. 나는 어머니가 그런 성향을 가진 사람이었을 거라고 믿고 있다.

생각해보면 어머니는 그다지 나를 좋아했던 것 같지는 않다. 그런 생각은 어느 날 느닷없이 찾아오는 것은 아니다. 추잉껌을 입에 물고 있듯 오랜 시간 곰곰이 그 시간들을 보내고 있으면 저절로 그런 생각이 들게 된다. 해서 어머니를 생각할 때마다 나는 약간 쓸쓸해지는 것을 느낀다.

다섯 살 전까지 나는 이모 손에 자랐다. 이모는 그때까지 시집을 가지 않고 있었을 거였다. 이모가 나를 키운 것은 확실하지만 나는 이모에 관한 어떤 기억도 갖고 있지 않다. 이모가 나를 키우던 그 시절에 대한 기억을 갖고 있기에 나는 아직 어렸을 것이다. 그러나 아무리 어렸다고는 하지만 의아심이 일 정도로 이모에 관한 기억은 없다. 그러나 어머니에 대해서는 그렇지 않은 걸 보면 그건 정말이지 이상한 일이 아닐 수 없다.

어머니는 아버지와 결혼한 이후에도 일손이 모자라는 외할아버지의 가게 일을 돕고 있었다. 아마도 아버지는 계속 공부를 하고 있었을 거였다. 그때까지만 해도 아버지는 유능한 건축공학도였다고 들은 적이 있다. 외할아버지 집에서 얼마 떨어지지 않은 곳에 아버지와 어머니는 방을 얻어 살았다고 한다. 다섯 살이 된 이후에 나는 외할아버지 집에서 어머니와 아버지가 있는 곳으로 옮겨졌다. 나를 돌보던 이모에게 갑자기 무슨 일이 생긴 것이었을까. 아마도 이모가 외할아버지의 집을 떠나지 않으면 안 되는 상황이었던 것 같다. 어머니는 여전히 외할아버지의 가게 일을 돕고 있었다. 그러고 보니 그 이후로도 나는 줄곧 혼자였던 셈이다.

지금도 나는 누군가를 기다리는 일에 퍽 익숙한 편이다. 그것은 내게로, 혹은 여기로 돌아오고 싶어하지 않는 사람들일수록 더욱 그렇다. 기다리는 사람이 돌아올 만한 위치에 가만히 서서 나는 어제까지의 그 사람에 대한 기억을 더듬고 하염없이 내가 여기서 기다리고 있다는 신호를 보내고는 한다. 내 기다림의 신호는 강을 건너고 산을 넘을 것이다. 혹은 날아가는 새를 따라갈지도 모르고 스치듯 지나가는 바람에 새겨질지도 모른다. 간혹 신호를 받아도 돌아오지 않는 사람들이 있다. 아니 다시 돌아오는 사람들은 거의 없을지도 모른다. 그럼에도 불구하고 나는 마치 내 소중한 눈동자를 가져가버린 사람을 기다리듯 그 기약 없이 까마득한 기다림을 멈추지 않는다. 지금도 나는 내가 누군가를 기다리고 있다는 것을 알고 있다.

어렸을 적, 나는 하루 종일 어머니를 기다리는 일로 하루해를 다 보내고는 하였다. 아버지는 언제나 귀가가 늦은 편이었고 어머니는 가게 일을 돕다가 저녁이면 느릿느릿 집으로 돌아오고는 하였다. 오후가 기울 무렵이 되면 우리가 세들어 살고 있던 대문 앞에 쭈그리고 앉아 어머니를 기다렸다. 누군가 내게 부러 시킨 것은 아니었지만 그것은 내게 꼭 하지 않으면 안 될 의무 같은 것이었다. 그렇기도 하고 그때만 해도 나는 달리 시간을 보내는 방법을 몰랐을 거였다. 어린 내게 하루는 너무 길었다. 그러니까 어머니는 내 인생에 있어서 기다림이란 것을 가르쳐준 최초의 사람인 셈이다.

골목 입구로 걸어들어오는 사람이 있을 때마다 나는 길게 고개를 빼내밀고는 하였다. 그러나 그런 나와는 달리 집으로 돌아오는 어머니 걸음은 매양 느리고 더디게 느껴지곤 하였다. 그 걸음걸이는 마치 집으로 돌아오고 싶어하지 않는 사람의 걸음인 듯 여겨지기도 했다. 이 집이 아니라 저기 어디쯤으로 가야 하는 것은 아닌가. 어머니의 걸음은 늘 그런 의혹을 품게 했다. 그래서 그랬을까. 어린 마음에도 나는 어머니가 퍽 고달픈 삶을 살고 있구나 하는 것을 느낄 수 있었다. 어머니 모습이 골목 어귀에 나타날 즈음이면 나는 대문 앞에서 지금까지 어머니를 기다렸던 내 모습을 지워버리고는 얼른 방으로 들어가버리고는 하였다. 그런 걸음걸이를 가진 젊은 어머니를 대문 앞에서 마주친다는 것이 두렵게 느껴졌던 것 같다. 내 나이 여섯 살 적에.

어머니는 어쩌면 이제 비로소 당신 삶에서 가장 자유스러운 시간을 누리고 있는지도 모른다. 나는 지금도 어머니가 죽는 방법으로서가 아니라 당신이 그토록 젊어서부터 원했던 대로 이곳을 훌쩍 떠나버린 거라고 알게 되었다. 확실히 어머니는 죽은 게 아니라 떠난 것이다. 그렇다는 것을 나는 이제야 조금 알 것 같다.

아버지의 죽음 이후, 나는 장대높이뛰기 선수처럼 훌쩍 시간을 뛰어넘어 나이를 먹고 있었다. 볼 수는 없지만 내 정수리 어디쯤에서는 흰 머리카락이 성성하게 새로 나고 있을지도 모를 일이었다.

저녁 여덟시쯤 나는 전화 한 통을 받게 되었다. 이모와 단둘이 저녁 식사를 하고 설거지를 끝내려던 참이었다.

이모는 식사를 마치자마자 기다렸다는 듯이 방으로 들어가 버렸다. 아버지가 돌아가시고 난 이후에 이모와 마주 앉아 식사를 한다는 것은 이모나 나에게 모두 견디기 힘든 고통이라는 것을 우리는 알고 있었다. 서로 아무런 말은 하지 않고 있지만. 우리는 언제나 서둘러 밥을 먹었고 서둘러 의자를 밀치며 일어섰다.

식사 후에 나는 주로 냉장고에 든 활명수를 마셨으며 이모는 무슨 알약인가를 먹는 것 같았다. 딱히 그런 대단찮은 이유가 아니더라도 우리는 곧 헤어져야 했다. 그러나 아직은 때가 아니라고 생각하는 것 같았다. 나 역시 그랬고. 이제 이렇게라도 함께 있을 수 있는 시간이 얼마 남지 않았다는 것은 잘 알고 있었다. 남은 시간 동안만이라도 나는 이모를 사랑하고 싶었다. 다시는 이모를 볼 수 없을지도 모를 테니까.

전화벨은 마치 전설처럼 아득한 소리로 공기를 울려대고 있었다. 나는 한동안 전화를 바라보다가 그대로 욕실로 들어갔다. 거울을 보며 오래도록 공을 들여 이를 닦았다. 내가 이를 닦고 거실로 나왔을 때 내가 하는 양을 내리 지켜보고 있었다는 듯 다시 전화벨이 울리기 시작하였다. 막막한 심정이었다. 또 누굴까. 누가 나를 이토록 질기게 부르고 있는 것일까. 수화기를 들었다.

"……!"

"……"

전화를 걸어온 상대쪽에서는 아무런 말도 없었다. 나는 걷잡을 수 없이 흔들리기 시작하였다.

"……여보세요."

나는 입을 열었다. 그러나 역시 저편에서는 아무런 반응도 없었다. 수화기를 내려놓으려다 말고 송수화기에 다시 귀를 꼭 붙였다. 수화기 저편에서 웅웅거리는 바람 소리 같은 것이 들려오고 있었다. ……분명히 그것은 바람 소리였다. 그것도 아주 거칠고 난폭한. 나는 온몸이 긴장되는 것을 느끼고 있었다. 바람 소리다! 그렇다면 누굴까. 지금 나와 같은 시간에 수화기를 붙들고 있는 이 사람은 누구인가.

"누구지 당신!"

나는 버럭 소리를 내질렀다. 어쩌면 나는 흐느끼기 시작했는지도 모른다. 기다렸다는 듯 바람 소리가 툭 끊겼다.

저녁 여덟시. 나는 거실 창 유리에 비춰지고 있는 부들부들 떨고 있는 한 여자의 모습을 무서운 눈으로 쏘아보고 있었다.

13. 동물원

　지난 새벽에 나는 난데없이 들려오는 갈매기 울음소리에 퍼뜩 잠을 깨고 말았다. 갸우갸우, 갸우우…… 나는 그 소리가 기러기나 홍부리황새의 울음소리라고 생각하였다. 혹은 두루미 종류의 다른 조류들이거나. 새벽 세시가 막 지나고 있는 참이었다. 그러자 나는 그 울음소리가 기러기가 아니라 갈매기의 울음소리일 거라고 확신하였다. 그런데 정말이지 참으로 이상한 것은 나는 지금까지 갈매기나 기러기 울음소리를 한 번도 귀기울여 들어본 적이 없다는 사실이었다. 나는 베개에 얼굴을 묻고 납작하게 엎드려서 청각을 긴장시켰다. 갸우갸우, 갸우우…… 나는 소리가 들려오고 있는 곳을 향해 먹이를 찾는 올빼

미처럼 두 귀를 모았다. 갸우, 갸우우우우…… 그 소리는 이런 의성어로밖에는 달리 표현할 수가 없다. 그럼에도 나는 내 잠을 깨운 그것이 갈매기 울음소리라는 것을 의심하지 않았다. 그런데 그 새벽에 느닷없이 웬 갈매기 울음소리가 들려왔을까. 그것도 새벽 세시라는 음울한 시간에.

다음 날 아침 나는 여느 때와 다르게 일찍 일어나서 집을 나섰다. 현관문을 나서기 전에 이모의 방 앞에서 귀를 기울여보았으나 아직 기척이 없는 성싶었다. 나는 이모에게 아무런 말도 하지 않고 조용히 문을 열고 밖으로 나왔다. 소리를 내지 않으려고 애를 쓰긴 했지만 이모는 방 안에서 그런 나의 기척을 모두 듣고 있을 터였다. 아버지가 돌아가신 이후에 이모는 방 안에서 잘 나오지 않았다. 식사 시간에만 겨우 잠깐 얼굴을 비칠 따름이었다. 식탁에 앉아 힐끔 들여다보았던 이모의 얼굴은 감자빵을 만들 때 필요한 식은 감자시럽처럼 누리끼리한 안색이었다.

이모와 한 집에 기거하고는 있지만 나는 종종 내가 이 집에 혼자 살고 있는 것은 아닌가 하는 의심에 휩싸였다. 그렇지 않으면 흰 면바지를 입고 새벽마다 거실을 서성거리고 있는 작은 유령과 함께. 새벽마다 나는 이모의 걸음 소리를 들었다. 그 깃털처럼 가벼운 걸음 소리. 곧 후르륵 어디론가 떠나가버릴 것만 같은 그런 걸음 소리.

백색의 인도공작 앞에서 나는 저절로 걸음을 멈추었다. 그럴 줄 알았다는 듯이 나는 고요한 눈빛으로 우리 안을 들여다보았다. 백색의 인도공작, 그리고 그 화려한 날개…… 그래 그때, 우리는 그런 이야기들을 나누었었지. 기억도 할 수 없는 몇 년 전 어느 날. 가을이었던가 그때가? 아니, 그건 확실치 않다. 다만 나는 우리들이 나누었던 짧은 이야기 몇 토막만을 기억할 수 있을 뿐이다.

손으로 꼽을 수 있을 만큼 드물었던 우리의 외출이었다. 우리의 대화는 언제나 밀폐되어 있던 그의 방에서나 가능한 것이었다. 나는 좀더 밝고 환한 곳에서 그와 함께 있고 싶었다. 겨울잠을 자는 두더지처럼 그는 나와 함께 밖으로 나가는 것을 좋아하지 않았다. 그는 그때 겨울잠을 자고 있었는지도 몰랐다. 누구에게나 그런 한 시기는 있는 법이니까. 지금은 봄. 그는 벌써 그 길디긴 동면에서 깨어나 슬렁슬렁 세상을 향해 고개를 기웃거리고 있을지도 모르겠다. 그러나 그는 지금 내 곁에 없다.

지금 내가 저걸 볼 수 없다면 말이야, 아 그래 내가 장님이라고 가정해봐. 그리고 저 모습을 내게 들려줘. 상상할 수 있도록 말이야.

그는 갑자기 잔뜩 잠긴 목소리로 그렇게 말했다. 어처구니없는 주문이었다. 그러나 힐끔 쳐다본 그의 표정은 자못 심각해 보였다. 나는 웃음이 나올 것 같았으나 그렇다고 소리내어 웃음을 흘리지는 않았다. 그는 정말 장님처럼 캄캄한 모습이었다.

왜 그런 가정이 필요하지요?

나는 짐짓 명랑한 어조로 말했다.

……

…… 해볼게요. 그럼, 자 이렇게 등을 돌려봐요. 그리고 눈을 감아요.

그는 말 잘 듣는 학생처럼 고분고분히 백색의 인도공작 우리 앞에서 등을 돌리고는 눈을 꾹 감았다. 눈부신 햇살이 그의 속눈썹 위로 걷잡을 수 없이 쏟아져내리고 있었다. 나는 우울해지는 것을 느꼈다. 어쩐지 햇살 아래서는 잘 어울리지 않는 사람이구나. 가만히 그의 손을 끌어당겨 내 가슴에 대었다. 그는 내가 하는 대로 가만히 있었다. 나는 백색 인도공작의 모습을 그에게 들려주기 위해 두 눈을 긴장시켰다. 쑥 눈물이 비어져나올 것만 같았다. 아마도 그건 그의 모습이 진짜 장님 같아 보였기 때문이었을 것이다. 아니야, 우리는 잠깐 연극을 하고 있는 거야. 단지 그뿐이야. 나는 고개를 저었다.

청색의 인도공작과는 달리 온몸이 순백색이에요. 고결해 보이는군요…… 저 울음소리 들려요? 까옥까옥, 그렇게 울고 있어요. 아름다운 꼬리예요. 저토록 우아한 꼬리를 가진 동물을 나는 지금까지 본 적이 없어요. 귀족 같군요. 그리고 발모가지가 아주아주 가늘어요. 듣고 있나요?

나는 쥔 손에 힘을 주면서 그를 돌아보았다.

그래, 듣고 있어. 당신처럼 가는 발목이겠군. 계속해봐. 나는 지금 상상하고 있어.

그때, 나는 백색 인도공작이 활짝 날개를 펴는 것을 보았다. 눈이 멀 정도로 새하얀 빛이었다. 허공으로 흰빛이 마구 솟구치고 있었다.

눈을 떠봐요. 공작이 날개를 폈다구요!

나는 그에게 무심코 소리치고 말았다.

말했잖아 나는 지금 앞을 볼 수 없다고!

그는 버럭 소리를 질렀다. 나는 굳게 입을 다물고 말았다. 때때로 참 알 수 없는 사람이구나. 나는 왔던 길을 되짚어 마냥 혼자 걷고 싶었다.

계속 말해줘, 당신이 마치 내 눈동자처럼 말이야. 나는 이렇게 아무것도 보지 못하잖아.

발길을 꽉 움켜잡는 진중한 목소리였다. 나는 돌아서고 싶다는 생각을 단념하지 않을 수 없었다.

…… 순백색의, 그래요. 눈이 멀어버릴 것만 같은 순백의 옷을 걸친 여자를 떠올려봐요. 훌쩍 저 옷을 벗긴다고 해도 그 안에 또 그런 백색 옷을 입고 있을 것만 같은. 저 소리 들리나요? 마치 바람에 여리디여린 풀잎이 스치는 소리 같잖아요? 날개를 편 공작이 앞뒤로 날갯짓을 하고 있는 소리예요…… 머리에 달린 왕관 모양의 둥근 깃털들, 역시 백색이네요. 그리고, 그리고……

나는 그만 눈을 감고 말았다. 그는 왜 내게 이런 것을 시키고 있는 걸까. 나는 또다시 장님인 그의 손을 놓고 어디론가 도망가버리고 싶은 심정이 되었다. 그런 내 마음을 들여다보기라도 한 양 그는 나의 손을 꽉 움켜쥐고 있었다. 그의 손바닥에 땀이 차오르고 있는 것이 느껴졌다. 그의 손이 울고 있구나. 나는 그의 앞으로 돌아섰다. 그는 여전히 눈을 감고 있었다.

당신 지금 뭘 하고 있는 거지? 어서 계속해봐, 내 상상은 잘 되고 있질 않아.

그는 눈을 감고 중얼거렸다. 지팡이라도 하나 구해주지 않으면 안 될 것만 같은 모습이었다.

더이상 나는 표현할 수가 없어요. 나는 당신의 눈동자를 훔친 적이 없다구요. 이런 행위가 무슨 의미가 있겠어요. 그만 눈을 좀 떠봐요, 네?

나는 그에게 애원을 하고 있었다. 그는 안하무인 격으로 꼼짝도 않고 그대로 서 있었다. 그의 불타고 있는 이마, 코, 입술, 목울대, 가슴…… 시선을 옮기며 나는 그의 카키색 셔츠 주머니에 달린 녹색의 작은 악어 한 마리를 보았다. 나는 문득 그 악어가 내 가슴속으로 달겨들어와 내 안의 무언가를 조금씩 뜯어먹고 있는 통증을 느끼기 시작하였다. 나는 가슴을 움켜쥐고 그의 가슴에 고개를 묻어버렸다. 무섭도록 쿵쾅거리며 그의 가슴이 뛰어오르고 있었다. 그의 가슴은 텅 빈 항아리 같았다.

그가 눈을 떴을 때 백색 인도공작은 그 희디힌 날개를 접고 있었다. 그는 무엇을 기다리는지 백색 인도공작 우리 앞에서 한참을 더 서 있었다. 백색 인도공작은 날개를 접은 채 기다란 꼬리만 움짓움짓거리고 있을 따름이었다. 나는 어처구니없이 초조해지는 것을 느꼈다. 그는 끝내 활짝 편 공작의 날개를 보지 못했다. 성난 사람처럼 그는 내 손을 놓고는 다른 우리 쪽으로 뚜벅뚜벅 걸음을 옮겼다.

나는 큰코뿔소 우리 앞에 있는 하늘색 벤치 위에 앉았다. 오월의 셋째 주 금요일이었다. 며칠째 계속 이어지고 있는 이상난동으로 오늘도 기온이 몹시 높았다. 이런 현상은 다음 주 초까지 이어지고 주말쯤 단비가 내릴 예정이라고 하였다. 저녁 식탁에서 이모가 들려준 말이었다. 나는 줄곧 땀을 흘리고 있었다. 동물원 입구에서 사들고 온 김밥을 먹기 시작했다. 허기가 졌고 자꾸만 목이 말랐다. 나는 벌써 음료수를 세 캔째 마시고 있는 중이었다. 팔월의 폭양이 이럴까. 미친 듯 태양이 끓어오르고 있었다.

벤치 앞으로 노란 반바지와 반팔 티셔츠를 입은 한 떼의 유치원 아이들이 줄줄이 걸어가고 있는 것이 보였다. 하나 둘, 셋 넷. 칙칙, 폭폭. 하나 둘, 셋 넷. 칙칙, 폭폭. 앞선 여선생의 구령 소리에 맞춰 아이들이 합창을 하고 있었다. 맑은 소리였다. 아이들이 모두 지나갔다. 하나 둘, 셋 넷. 칙칙, 폭폭…… 나는 그렇게 중얼거리고 있었다.

아이들이 지나가고 나서 나는 오래된 앨범을 넘기는

심정으로 두 눈을 꼭 감았다. 뜨거운 햇살이 눈두덩으로 쏟아져내렸다. 언젠가 그가 그랬던 것처럼 나는 지팡이도 없는 캄캄한 장님이 되고 싶은 것인지도 몰랐다.

그때, 우리가 이곳에 왔을 때 당신은 내게 이런 말을 했었지. 동물원의 냄새. 눈으로 보이는 것 말고 어떤 냄새에 대해서 줄곧 생각해보면 어떨까 하고 말이지. 후각을 집중시키지 않으면 그건 아주 어려운 일이라고 했어. 당신은 몽상가로군. 나는 당신을 곁눈질하며 그렇게 중얼거렸어. 몽상가. 나는 내가 찾아낸 그 단어가 마음에 들었어.

사람한테도 생김새만큼이나 각자 다 다른 냄새를 갖고 있다고 했지. 그것은 동물도 마찬가지라고 했어. 그러나 우린 그날 아무런 냄새도 못 맡고 동물원을 떠나고 말았어. 후각을 집중시키는 게 쉽지는 않은 일이었어. 사람의 냄새?…… 글쎄, 이제 나는 사람 냄새라면 충분히 맡을 만큼 살아왔는지도 몰라. 어떤 한 사람의 냄새를 맡고 있으면 그 사람이 걸어온 길이 보일 것도 같아. 그리고 앞으로 걸어갈 길의 모습도 가끔 떠오르고는 해. 그러니까 사람의 냄새란 길의 냄새라는 것이지. 서른을 앞두고 어쩌면 나는 아흔아홉 늙은이처럼 귀신이 다 되어버린지도 모르겠어. 이제 나는 좀 다른 것의 냄새를 맡고 싶어.

당신의 냄새…… 그래 이제와 돌이켜보니 당신에게선 옥색의 냄새 같은 게 맡아졌던 것 같아. 옥색의 냄새. 그건 누구도 곁에 있지 못하게 하는 냄새가 아닐까. 사람의 걸음을 멈추게 하지만 그건 그저 멀리서 맡을 수 있을 뿐이지. 그건 세상의 냄새가 아닐지도 몰라.

어제 새벽에 내가 들었던 건 정말 무슨 울음소리였을까? 아주 먼 데서 들려오는 소리였어. 암만 귀를 기울여봐도 어디서 들려오는 건지 분간할 수가 없었어. 하지만 당신이라면 그 소리에 대해 대답해줄 수 있지 않을까.

두 눈을 감고 벤치에 앉아 나는 이런 말들을 끊임없이 지껄여대고 있었다. 나는 내가 지금 무슨 소리를 하고 있는지 분간을 못 할 지경이었다. 이윽고 나는 굳게 입을 다물고 말았다. 감은 눈 속으로 붉은 태양이 비집고 들어와 이글거리고 있었다. 두 눈을 태워버리고 말 것 같은 기세였다. 오랫동안 앞을 보지 못한 사람처럼 나는 겁에 질린 채 천천히 눈을 떴다. 아무것도 보이지 않았다.

길을 내려가다가 나는 아프리카코끼리 우리 앞에서 우뚝 걸음을 멈추고 말았다. 나무 앞에 서 있는 한 노인 때문이었다. 노인은 나무와 자신의 허리를 노끈으로 동여매고는 나무를 마주한 채 제자리걸음을 하고 있었다. 이상한 사람이다! 나는 노인에게 좀더 가까이 다가갔다. 오래 세수를 하지 않은 듯 얼굴은 땟자국으로 얼룩져 있었고 몹시 허름한 차림새였다. 노인은 두 손을 허리 아래로 감싸쥐고는 똑바로 나무를 응시하고 있었다. 누군가 자신에게 다가가고 있는 것도 모르는 것 같았다. 무슨 대단한 의식을 치르는 것처럼 근엄하기까지 한 표정으로 아주 천천히 제자리걸음을 했다. 함부로 접근할 수 없는 위엄 같은 것이 느껴졌다. 노인과 나무 사이의 거리는 십 센티도 안 돼 보였다. 코가 마주 닿을 만한 거리였다. 노인의 맨발은 더럽고 불결해 보였다. 노인의 제자리걸음은 좀체 멈출 것 같지 않았다. 노인은 왜 자신의 몸과 나무를 저렇게 꽁꽁 묶어버린 것일까. 그리고 저 맨발과 제자리걸음은 또 무얼까. 아무것도 짐작할 수 없는 상황이었다. 나는 몹시 혼란스러워지기 시작하였다.

꽤 오랜 시간 나는 그 자리에 묶여 있었지만 거기를 벗어날 때까지 노인은 나무 앞에서 제자리걸음을 멈추지 않았다. 노인과 나무를 묶고 있는 저 연약한 노끈을 끊어버리고 싶다는 충동을 가까스로 억누르며 마저 길을 내려왔다. 내가 상관할 바가 아니었다. 그러면서도 연신 뒤를 돌아보고 있었다. 노인은 아주 먼 데로 떠나고 싶은 것일까. 혹은 더이상 아무 곳으로도 떠나고 싶지 않다는 것일까. 아무것도 알 수 없었다. 모든 시간을 떨쳐버리려는 듯 나는 세차게 고개를 흔들어대었다.

불현듯 무엇엔가 이끌려 고개를 들어 맞은편 쪽을 바라보았다. 나는 대공원역에서부터 내내 앉아 있던 상태였고 그 여자가 지하철을 탄 것은 아마도 경마장역쯤이었을 것이다. 여자는 내 맞은편 자리에 앉자마자 고개를 푹 숙이고는 제 구두 앞부리를 들여다보고 있었다. 한영원? 그 여자의 얼굴을 자세히 들여다보고 싶었다. 한영원과 거의 흡사해 보이는 모습이긴 했으나 섣불리 단정할 수는 없었다. 여자가 줄곧 고개를 숙이고 있었기 때문에 나는 달리 확인할 방법을 찾지 못하고 있었다. 나는 그 여자의 포갠 손등에 시선을 두었다. 한영원처럼 정맥이 환히 내비치는 손등.

한영원이라고 믿었던 그 여자는 남태령역에서 내렸다. 한영원의 얼굴이 아니었다. 그 여자가 내리는 것을 보면서 나는 버릇처럼 두 눈을 꾸욱 감아버렸다. 머릿속이 출렁거리고 있었다. 도무지 현실감이라곤 전혀 느껴지지 않는 그런 날이다.

그런데 한영원은 지금 어디에 있는 것일까. 혹 그녀 역시 어디론가 떠나버린 것은 아닌지. 나는 견딜 수 없을 만큼 그녀가 보고 싶어졌다. 그녀의 눈, 그녀의 손등, 그녀의 목소리, 그녀의 담배 냄새, 그녀가 들려주는 그의 이야기들. 그녀의 모든 것들이 그리웠다. 나를 아주 잊은 걸까 그녀는?

열쇠를 꺼내려다 말고 나는 이층을 올려다보았다. 이층 창가에는 아무도 보이지 않았다. 누가 있을 거라고 생각한 것도 아니었으면서 나는 괜시리 가슴이 시리는 것을 느꼈다. 먼 길을 걸어온 것처럼 온몸이 땀에 절어 있었다.

당신만 생각하면 내 모든 사고가 흔들리곤 했었지. 하지만 이제는 이미 다 지나가버린 일이야. 이렇게 나는 또 하루를 살았고 이런 식으로 내 인생의 한 시기가 지나가고 있는 거야. 나는 더이상 우리가 같은 시간을 살고 있다고 믿지 않겠어. 나는 당신과는 다른 시간의 방향으로 어디론가 스며들고 있는 거야. 이제서야 그걸 알았지. 그래, 우리는 더이상 우리가 아니야.

마당을 가로지르면서 나는 이렇게 읊조리고 있었다.

14. 크레프

이모는 제빵학원 맞은편에 있는 고려당제과점 앞에 서 있었다. 나는 집으로 가기 위해 신호를 기다리고 있던 참이었다. 아침에 집에서 나올 때 잠깐 거실에서 이모를 마주쳤었다. 어디를 가는 거니. 메마른 소리로 이모가 물었다. 학원에 가요. 나는 짧게 대꾸하고 이모를 지나쳐 집을 나섰다. 그런데 지금 이모가 저 길 건너에 서 있는 것이다. 나는 손목을 들어 시간을 확인했다. 오후 두시. 새벽 세시보다는 한결 나은 시간이었다. 나는 문득 내 안의 시간들이 서서히 흔들리기 시작하는 것을 느꼈다. 지금 이모가 왜 저기 서서 나를 기다리고 있는지 알 것 같았기 때문이었다.

머리를 단정히 틀어올린 이모는 흰 투피스에 흰 가방을 들고 있었다. 그러고 보니 손에 든 가방 역시 흰색이었다. 신고 있는 스타킹마저. 작별을 하기에 썩 어울리는 차림새구나. 나는 고개를 숙여 내 옷차림을 보았다. 청바지에 연두색 티셔츠. 내 옷차림은 아무런 준비도 되어 있지 않았다. 나는 가방 속에 든 하얀 위생복을 생각해냈다. 우리의 이별을 위해 저렇게 성장을 하고 나온 이모를 생각해서라도 나는 어쩌면 그 위생복이라도 걸쳐 입어야 할지 몰랐다. 그러나 지금은 여의치 않은 상황이었다. 그대로 이모를 세워놓고 집으로 돌아가 옷을 갈아입고 싶다는 생각이 들었다. 이모처럼 새하얀 빛깔의 옷으로.

녹색불이 들어왔다. 나는 청바지에 연두색 티셔츠를 입고 횡단보도를 건넜다. 정수리가 화끈거릴 만큼 강한 햇살이 쏟아지고 있었다. 이모는 내가 횡단보도를 다 건널 때까지 기다렸다가 앞장서서 걸었다. 나는 묵묵히 이모 뒤를 따랐다. 틀어올린 머리 때문에 목선이 그대로 드러나 있었다. 아직 고와 보이는 선이었다. 이모의 모습은 마흔여덟이라는 나이와는 전혀 무관해 보였다. 뒷모습만으로만 가늠한다면 서른 후반쯤? 아름답게 늙어가고 있는 모습이었다.

함께 걷고 있는 동안 우리는 아무런 말도 하지 않았다. 이모는 자신이 그곳에 서 있는 것으로 내가 모든 것을 짐작할 수 있을 거라고 생각했을지도 모른다. 충분히 가능한 일이다. 대체로 모든 것에 예민한 여자이니까.

이모가 들어간 곳은 근처에 있는 '독신'이라는 이상한 이름의 찻집이었다. 독신? 나는 그 찻집의 이름이 마음에 들지 않았다. 실내는 비교적 한산했고 우리가 들어갔을 때는 로스타코비치가 연주하는 무반주첼로곡이 흐르고 있었다. 음악은 그런대로 마음에 들었다. 창가 자리를 지나쳐 이모는 실내 한가운데 있는 둥근 테이블에 앉았다.

"네가 올해 몇 살이 되는 거지?"

뜬금없는 소리였다. 나는 이모를 빤히 올려다보았다. 이모의 얼굴은 호수처럼 평온해 보였다. 정말 내 나이를 모르고 있는 걸까 이모는.

"다음 달이면 이제 꼭 서른이 돼요."

나는 테이블 위로 눈을 내리며 무심한 어조로 대꾸했다. 이상한 질문으로 이모는 이야기를 시작하고 있었다. 나는 침착해질 필요를 느끼고 있었다.

"내가 오늘 왜 이곳에 와서 너를 기다리고 있었는지, 네가 벌써 알아차렸을 거라고 생각한다."

"……"

"물론 집에서도 이야기할 수 있었지만 오늘은 어쩐지 그러고 싶지 않더구나. 좀더 너를 객관적으로 바라보고 싶었는지도 모르겠어. 그렇다고 지금 너와 이렇게 마주 앉아 있다고 해서 딱히 그런 느낌이 드는 것은 아니지만.

그래도 식탁이나 거실보다는 한결 나은 것 같구나. 너, 어색하니?"

나는 고개를 저었다. 어색하긴 했지만 그래도 이 정도면 참을 만한 상황이었다. 그리고 이모 말대로 어둑한 거실이나 식탁보다는 나을지도 몰랐다. 우리는 지금 헤어지는 준비를 하고 있는 셈이니까. 일정한 거리가 필요한. 그러나 공간을 바꾼다는 게 과연 무슨 의미가 있을까. 나는 녹차를 한 모금 마셨다. 뜨뜻미지근하면서 아무것도 느낄 수 없는 맛이었다. 나는 어느새 미각까지 잔뜩 긴장시키고 있는 모양이었다.

"서른 살이면 결코 적은 나이가 아니다. 네 인생을 위해서라도 혼자 지내는 시간이 꼭 필요할지도 몰라. 혼자 지내는 시간을 무서워해서는 아무것도 할 수 없어. 이게 내가 너에게 해줄 수 있는 유일한 충고야, 그래도 될지 모르겠지만. 그리고 너도 알다시피 우리는 그리 잘 어울리는 사이가 아니잖니."

냉담한 어조였다. 나는 이모가 그런 어조로 내게 말을 하고 있는 사실이 잘 믿겨지지 않았다. 내가 알고 있는 이모는 나에게 그런 식으로 이야기할 수 있는 사람이 아니었다. 나는 당황스러워지기 시작하였다.

"……담배를 좀 줄이지 그러니, 피부가 벌써 망가지고 있잖아. 딸기를 많이 먹어라. 흡연할 때 비타민이 많이 손실되는데 딸기에 비타민이 그리 많이 함유되어 있다고 하더구나."

웃음이 나올 것만 같았다. 이제야 비로소 내 앞에 마주
앉아 있는 사람이 내가 지금까지 알고 있던 이모라는 생
각이 들었기 때문이었다. 어느새 나는 그런 이모에게 익
숙해져 있는지도 몰랐다. 나는 우리의 대화가 끝날 때까
지 내 앞에 있는 사람이 그동안 내가 알고 지내던 이모이
기를 간절히 바라고 있었다. 나는 이모와 아무런 상처도
남기지 않고 헤어지고 싶었다. 가능하다면 말이다.

"……"

"여진아, 무슨 말이라도 좀 하렴."

유연한 시선으로 이모는 나를 응시하고 있었다. 그러
고 보니 숱진 눈썹뿐만 아니라 각이 진 얼굴 생김새도 어
머니와 많이 흡사해 보였다. 새삼스러운 발견이었다.

"이제 보니, 어머니와 이모가 많이 닮았다는 생각이 드
네요."

"……"

"사람은 누구나 죽을 때까지 껴안고 가야 하는 비밀이
한 가지씩은 있는 법이지."

내가 알고 있는 이모가 아니었다. 두 손으로 찻잔을 감
싸쥐며 나는 다시 처음으로 돌아가야 한다고 생각했다.
우리는 새벽 세시의 어두운 거실에서 만나고 있는 것일
지도 모른다, 지금. 나는 종업원에게 찬물 한 잔을 청했
다. 너를 낳은 건 나다. 종업원이 물컵을 내려놓고 돌아

서자 기다렸다는 듯 이모가 지나가는 어투로 그런 말을
했다. 무심한 어조였다. 그건 마치 네 손톱이 너무 길었
구나, 하는 소리와 별로 다를 게 없이 들렸다. 나는 똑바
로 고개를 들어 이마로 흘러내린 머리카락을 쓸어넘기고
있는 이모를 맞바라보았다. 역시 무표정한 얼굴이었다.
무서운 여자다. 나는 떨고 싶지 않았다. 그러나 나는 조
금씩 떨고 있는 자신을 느끼고 있었다.

"……이모는 지금, 아주 이상한 말을 하고 있어요. 알
아요 그거?"

나는 발작적으로 낮게 쏘아붙였다.

"그렇다고 지금 내가 네 엄마라고 말하고 있는 건 아
니야. 사실 그럴 수 있는 자격도 없긴 하지만. 이런 이야
기를 꼭 네게 해야 하는지 많이 망설였다. 죽을 때까지
껴안고 가고 싶었지. 하지만 너도 이제 곧 서른이다. 내
가 가르쳐주지 않으면 넌 평생 네가 누군지도 모르면서
살아갈 게 결국엔 옳은 일이 아니라는 걸 알았어. 네 나
이라면 충분히 이해할 수 있을 거란 생각을 했다. 그리고
무엇보다도 다시는…… 우리가 함께 목욕탕을 다닐 수
있을 것 같지 않아서."

"!……"

나는 누군가의 손에 의해 어거지로 만화경 속을 들여
다보고 있는 성싶었다. 조각조각 오려진 색종이들이 현란
하게 난무하고 있었다. 보이지 않는 손이 그 만화경을 몹

시 흔들어대는 느낌이었다. 눈앞이 아뜩해졌다. 나는 천천히 내 눈앞에 들이밀어진 만화경 속에서 눈을 뗐다.

"네 어머니는 석녀(石女)였다. 아이를 낳을 수가 없었지. 꼭 그런 이유 때문만은 아니었어…… 그래, 나는 네 아버지를 사랑했다."

나는 이모의 왼쪽 눈 밑에 나 있는 새끼손톱만한 검은 반점을 노려보고 있었다. 그것은 화장에 가려 희미하게 보였다. 이모의 흰옷 위로 지금까지 내가 꾸었던 모든 악몽들이 파노라마처럼 펼쳐지고 있었다.

"……"

"……"

나는 잠시 눈을 감았다. 더이상 이모의 이야기를 듣기 위해서는 뭔가 나름대로 정리하지 않으면 안 될 필요를 느끼고 있었다. 몇 분 사이에 나는 지금까지의 내 자신을 순식간에 모두 잃어버린 느낌이었다. 기차가 지나갔나……? 나는 머릿속을 부유하고 있는 먼지들이 가라앉기를 기다렸다. 그것은 그리 오랜 시간을 필요로 하지 않았다. 이모는 오늘 학원 앞에서 나를 기다리고 있었다, 우리는 아무 말도 없이 이 독신이라는 이상한 이름의 찻집에 들어와 있다, 그리고 이모는 내게 아주 이해하기 힘든 말을 하고 있다…… 그것은 아무리 서른을 눈앞에 둔 사람이라도 쉽게 알아들을 수 있는 말이 아니었다. 그렇다고 이런 상황을 회피하기 위해 내가 다시 스물셋이나 스물여

섯의 나이로 되돌아갈 수는 없는 노릇이었다. 때문에 나
는 지금 이모의 말을 잘 새겨듣지 않으면 안 되었다. 나
는 침착하고 싶었다.

그러니까 내 인생의 출발을 맨 처음 목도했던 사람은
내가 지금까지 단 한 번도 의심한 적이 없는 어머니가 아
니라 저 여자, 지금 내 앞에 앉아 있는 이모라는 것이다.

나는 고개를 돌려 창 밖을 내다보았다. 지금이라도 창
가 쪽으로 자리를 옮겼으면 좋겠다는 생각을 하였다. 창
밖을 내다보고 있으면 지금보다는 맑은 정신으로 이모를
마주할 수 있을 것만 같았다. 그러나 나는 그런 말을 입
밖으로 꺼내지 않았다. 그런 식으로 나는 흔들리고 있는
자신을 이모에게 들키고 싶지 않았다.

"네 어머니는, 그러니까 언니는 아주 이상한 방식으로
네 아버지와 나에게 화를 냈다. 언니가 평생을 걸고 한
일이 있다면 그건 아마도 네 아버지와 나를 용서하지 않
는 거였지. 증오도 하지 않고 그렇다고 용서도 하지 않는
사람을 가까이서 지켜본다는 것이 얼마나 어려운 일인지
너는 그런 거 모를 거야. 당연히 알 수가 없겠지. 그건 모
두에게 견딜 수 없는 형벌 같은 거였다. 차라리 모든 옛
시간을 지워버리고 싶을 만큼. 네 아버지는…… 언니를
사랑했다. 그건 진실이었어."

이모의 얼굴은 새벽 세시처럼 음울해 보였다.

"언니는, 아주 무서웠다. 그런 일이 있고부터는 죽을

때까지 아버지와 단 한 번도 성합(性合)한 적이 없다고 하더구나. 하지만 네 아버지는 그런 언니를 여전히 사랑했다. 네 어머니가 죽을 때까지, 아니 그 이후에도⋯⋯"

권태가 느껴지는 이야기들이었다. 과거를 되살리는 이런 이야기들. 나는 자꾸만 짜증스러워지고 있었다.

"이제 비로소, 이모와 헤어져야 할 마땅한 이유를 찾은 느낌이네요."

"⋯⋯"

나는 이제 그만 이모와의 대화를 끝마치고 싶었다. 내가 듣고 있지 않으면 안 될 이야기들이 남아 있다고 해도 나는 더이상 아무런 이야기도 듣고 싶지 않았다. 그런다고 해서 달라질 것은 아무것도 없었다. 모든 것은 이미 돌이킬 수 없게 되어버렸으니까. 어머니는 병으로 죽었고 아버지는 자살하는 것으로 나와 헤어졌다. 이제 나에게는 지금 내 앞에 앉아 있는 저 여자와 헤어지는 일만 남은 것이다. 이모 말대로 내 인생을 위해서 이제부터는 혼자 지내야 하는 시간들을 가져야 할 때인지도 몰랐다. 나는 그렇게 정리했다. 차츰차츰 시계를 들여다보듯 모든 것이 분명해지고 있었다.

세시가 지나는 것을 확인하고서 나는 먼저 자리에서 일어났다.

찻집을 나와 내가 간 곳은 허름한 중국음식점이었다. 나는 이모의 이야기를 듣고 있는 동안 극심한 허기를 느끼고 있었다. 그렇다고 느낀 것은 찻집을 나와 어딘가를 향해 정처없이 느릿느릿 걸어가고 있을 때였다. 아침부터 아무것도 먹지 않은 상태였다. 어쩌면 끼니를 거르지 않았다고 해도 나는 배가 고팠을 거였다. 자장면 한 그릇을 주문했다. 식사 시간이 지나서 그런지 한참을 기다려야 했다. 자장면은 면발이 적당히 부드러웠고 기름기가 별로 없어 아주 담백한 맛이었다. 돼지고기를 건져내자마자 나는 허겁지겁 자장면 한 그릇을 비웠다. 군만두도 먹고 싶었으나 그대로 음식점을 나왔다.

햇살은 여전히 뜨거웠다. 오월의 햇살이라고는 도무지 믿기지 않을 만큼. 나는 음식점 앞에 서서 갈 곳을 잃은 채 멀뚱멀뚱 서 있었다.

아직도 저녁이 오려면 한참은 더 시간이 지나야 할 것 같았다.

그날 저녁, 나는 주방에서 크레프를 만들고 있었다. 크레프는 밀가루에 달걀, 우유를 섞은 반죽을 얇고 둥글게 부친 것으로 이모가 소화가 잘 안 될 때면 가끔 내게 부탁하곤 했던 거였다. 우유와 달걀, 버터, 밀가루, 설탕을 섞은 반죽이 제대로 혼합되기를 기다리는 동안 나는 이모의 방 앞에 다가가서 귀를 기울여보았다. 아무 소리도 들리지 않았다. 허나 이모는 어쩌면 지금 가방을 꾸리고 있을지도 몰랐다. 혹은 다 꾸려놓은 가방을 옆에 놓고 벌써 잠들어 있을지도 모를 일이었다. 아니다, 벌써 잠이 들었을 만큼 우리의 헤어짐은 하찮은 것이 아닐 터였다. 당장 내일 떠나는 것도 아니건만 나는 이모의 방문 앞에 우뚝 서서 까닭 없이 초조해지는 것을 느꼈다. 지금 나는 이모를 위해 달콤한 크레프를 만들고 있는 중이니까.

다 혼합된 반죽을 앞에 놓고 나는 주머니에서 약봉지를 꺼내었다. 그리고는 반죽에 가루약을 털어넣었다. 아스피린 스무 알. 얼굴을 익히 알고 지내는 동네 약사는 더이상의 아스피린은 줄 수 없다고 하였다. 수면제도 아닌걸요. 나는 싫은 소리를 했다.

가루약을 섞은 반죽을 오랫동안 저었다. 혹시 섞은 가루약 때문에 반죽이 너무 되어질까봐 우유를 적량보다 약간 더 부었다. 프라이팬에 한 주걱씩 반죽을 떠놓고 부쳐 세 장을 만들었다. 둥글고 두께가 일정하게 만드는 게 중요했기 때문에 프라이팬의 손잡이를 잡고 이리저리 흔들어야 했다. 각 부침마다 블루베리 소스와 딸기잼, 생크림을 넣어서 두 번씩 접었다. 타원형으로 생긴 긴 접시 위에 부친 것을 놓고 오이를 얇게 썰어 둥그렇게 장식을 하였다. 마지막으로 나는 크레프 위에 방울토마토를 올려놓았다. 그리고는 다시 크레프 사이사이마다 짤주머니를 이용해서 흰 생크림을 짜넣었다.

이모는 생크림을 좋아하였다. 푸른 오이 빛깔과 붉은

토마토, 흰 생크림, 그리고 아스피린 가루…… 멋진 크레
프가 완성되었다.

15. 낫

　전남 곡성군 곡성면 읍내리 시장 안에는 '수만철공소'라는 대장간이 있어. 낫 한 자루 만드는 데 망치질만 칠백 번을 해. 하루에 만드는 갯수는 오십 자루쯤? 그러니까 하루에 평균 삼만오천 번 정도 망치질을 하는 셈이지. 가능하다면 당신에게 지금 내 손바닥을 보여주고 싶어. 못이 박이고 어느새 쇠를 닮은 듯 단단하고 두툼해진 이 손을 말이야. 혹시 당신이 아직도 내 손에 관한 이미지를 갖고 있다면 그건 이제 한낱 기억에 지나지 않을 거야. 수만철공소의 주인은 아마도 이 시대의 마지막 대장장이일 거라고 생각해. 그는 근 사십 년간 망치질을 해왔다고 하더군. 대장장이는 저녁에 일을 하지 못해. 시끄러운 망치 소리 때문이지. 그러니까 대장장이치고 부지런하지 않은 사람은 없어. 생사가 걸린 일이니까. 그는 열일곱 살 때부터 지금까지 새벽 다섯시 반이면 일어난다고 해. 나는 지금 그의 집에 기거하고 있어. 우리는 새벽 다섯시 반이면 아침을 깨우러 대장간으로 나가. 황씨라는 그의 부인은 그의 유일한 메잡이야. 이십 년간 그의 작업을 도왔다고 하더군. 메질을 잘하려면 힘이 좋아야 해. 그러나 중요한 것은 요령이지. 큰 메를 가볍게 들어올린 뒤 내려칠 때는 한순간에 강한 힘을 실어야 해. 두 명이 메질을 함께 할 때는 박자를 잘 맞추는 것도 중요하지. 나는 지금 황씨에게 메질을 배우고 있는 중이야.

당신에게 당목낫 이야기를 들려주고 싶어. 그가 만드는 농기구는 수십 가지야. 쟁기, 낫, 갈퀴삽, 칼, 호미, 괭이, 곡괭이, 쇠스랑, 벌통호미…… 이 중에서 그의 주특기는 당목낫이야. 당목낫은 다른 낫보다 강한 쇠를 쓰기 때문에 웬만해서는 낫날이 무더지지 않는다는 게 특징이야. 그리고 그보다 중요한 것은 이 당목낫은 낫날이 빠지지 않는다는 것이지. 보통 낫은 낫질을 하다보면 걸핏하면 자루가 빠지곤 하거든. 그는 자루 안으로 들어가는 낫의 아래 부분을 길게 만들어서 아예 자루를 통과시킨 다음 빠져나온 끝부분을 다시 꼬부려서 철사로 자루와 연결시키는 방법을 생각해냈어. 아무것도 아닌 것 같지만 사실 이건 굉장한 아이디어야. 사십 년이란 세월이 없었더라면 그런 것들을 터득할 수 없었을 테지. 이렇게 만들면 물론 쇠가 더 많이 들어가지만 절대로 자루가 빠지지 않아. 자, 당신 상상할 수 있겠어?…… 그럼 한번 당겨봐, 죽어도 빠지지 않을 테니. 능숙한 메잡이가 되면 나는 그때 내 손으로 당목낫을 만들어볼 생각이야. 한 사십 년쯤 걸릴까? 내가 만든 당목낫을 당신에게 보여주고 싶어…… 시퍼런 불꽃이 일 거야.

　나는 편지를 접었다.
　이즈음 내게 일어나고 있는 일들에 비하면 그 편지의 내용은 비교적 이해하기 쉬운 것이었다. 그러니까 내가 스물여섯 되던 해 여름에 만나 이듬해 여름에 나를 떠나간 남자가 지금은 대장장이가 되어 있다는 이야기였다. 전남 곡성군 곡성면 읍내리에 있는 한 대장간에서. 그는 당목낫이라는 튼튼한 낫을 만들고 싶다고 하였다. 절대로 자루가 빠지지 않는다고 하는 그런 낫. 언제쯤 나는 그가 만든 낫을 볼 수 있을까. 메질하는 여인처럼 한 이십 년쯤 더 기다려야 할까.
　나는 편지를 접고 또 접었다. 편지는 담배갑만한 크기가 되어 있었다. 다시 편지를 접었다. 또 접었다. 편지는 이제 명함판 사진만한 크기가 되어 있었다. 그것을 손바닥에 올려놓고 꼭 움켜쥐었다. 나는 그것을 물끄러미 들여다보았다. 그리고는 휴지통에 던져넣었다.

한익주로부터 온 편지를 들고 들어오다가 나는 현관에 이모의 슬리퍼가 보이지 않는다는 사실을 알아차렸다. 이모가 떠났구나 드디어. 나는 한동안 현관 앞에 우두커니 서 있었다. 시장에라도 갔는지 몰랐다. 아니면 동네 미장원이나 세탁소에라도. 이웃집에 마실을 갔을 수도 있었다. 그럴 가능성은 얼마든지 있었다. 그런데도 나는 조금씩 가슴을 떨고 있었다.

이층으로 올라가려다 말고 나는 다시 돌아섰다. 그리고는 생각난 듯 신발장을 열어보았다. 신발장에서는 비에 젖은 우산을 제대로 말리지 않고 넣어두었는지 퀴퀴한 냄새가 나고 있었다. 허리를 숙여 이모의 구두를 찾았다. 이모의 흰 운동화, 세 켤레의 검정 구두, 한 켤레의 흰 구두…… 구두는 보이지 않았다. 신발장 한 칸이 텅 비어 있었다. 이모가 떠났다는 게 확실해졌다.

나는 이모의 방문을 열어보지 않았다. 구태여 그런 식으로 이모의 떠남을 확인하고 싶지 않았던 것이다. 거실 탁자나 식탁 위를 주의 깊게 둘러보았다. 누가 지켜보고 있기라고 하는 것처럼 등뒤에 보이지 않는 시선을 의식하면서 천천히 이층으로 올라갔다. 방으로 들어가자마자 방문을 잠궜다. 서둘러 책상 위를 살펴보았다. 아무것도 보이지 않았다. 이모는 내게 한마디 인사도 없이 가버렸다. 하다못해 메모 같은 것도 남기지 않았다. 이모는 마치 아버지나 어머니처럼 그렇게 내 곁을 떠나간 것이다.

오늘 저녁부터는 혼자 밥을 먹게 되겠구나. 방 한가운데 우뚝 서서 그런 생각들을 하고 있었다.

뿌리 깊은 점. 나는 입엣말을 하였다. 내 눈 밑을 유심히 들여다본 의사는 그런 말을 했다. 뿌리까지 제거하기 위해서는 서너 번의 치료를 더 받아야 한다. 한 일이 분정도 살이 타는 역한 냄새가 나는 것 같더니 치료는 곧 끝나고 말았다. 의사는 벌겋게 일어났을 내 왼쪽 눈 밑에 연고를 발라주면서 다시 생기면 사 주쯤 지난 후에 병원에 오라고 했다. 아주 간단한 치료였다.

나는 병원 대기실에 걸린 직사각형의 작은 거울을 들여다보았다. 연고 때문에 검은 그 자국은 더이상 보이지 않았다. 그대로 이 상처가 아물기를 바랐다. 뿌리까지 다 제거된 상태라고 믿고 싶었다. 그러나 그렇게 되기 위해서는 좀더 많은 시간이 필요하다는 것을 나는 잘 알고 있었다.

병원 현관을 나서려는데 빗방울이 떨어지고 있었다. 언제부터 비가 내리기 시작한 것일까. 미처 우산을 준비하지 못한 사람들이 신문이나 웃옷으로 머리를 가리고 황급히 지나다녔다. 거리에서는 흙 냄새가 물씬 풍겨나고 있었다. 나는 문득 주말에 비가 내릴 거라고 한 이모의 말을 기억해냈다. 오늘은 토요일이었다.

나는 버릇처럼 손목을 들어 시계를 들여다보았다. 시

간은 열한시 이십분에서 멈춰 있었다. 집을 나온 것은 열두시가 지나서였을 터였다. 나는 팔목을 흔들어보았다. 초침은 움직이지 않았다. 시간이 정말 멈춰버린 걸까. 점점 더 세차게 쏟아지기 시작하는 비를 고스란히 맞으며 나는 저기 저 먼 곳에 눈을 던졌다.

16. 다시, 식빵

수술은 삼십 분 만에 끝났다.

상의를 벗고 눕기 전에 나는 의사에게 함몰이 되는 원인부터 물었다. 조금 머쓱한 질문이었다. 젖꼭지 함몰은 유방암이나 유두염으로 인한 후천적인 경우도 있지만 대부분은 선천적인 것이라고 하였다.

선천적? 의사의 말을 들으면서 나는 문득 내 어머니도 어쩌면 함몰유두가 아니었을까 하는 생각을 떠올리고 있었다. 그러고 보니 나는 한 번도 어머니의 젖가슴을 본적이 없었다. 손으로 만져본 적은 더더군다나 없었고.

"젖꼭지에 연결된 젖관이 태어날 때부터 발육부진이어서 젖꼭지가 튀어나오지 못하고 안으로 당겨진 때문에 함몰이 되는 경우도 있습니다."

　한 번도 본 적이 없는 어머니의 젖가슴을 머릿속에서 지워버리고 나는 앞섶의 단추 몇 개를 풀렀다.

　의사는 내 왼쪽 젖가슴이 젖꼭지 가운데만 들어간 불완전 함몰이기 때문에 출산 후에 저절로 나아지는 수도 있으므로 수술하는 것을 다시 한 번 생각해보라고 말했다. 흉터가 남지 않도록 조금만 찢고, 꿰맬 때도 안쪽으로 꿰매기는 하겠지만 그래도 약간의 흉터는 남을 거라고 하였다. 자못 신중한 목소리였다. 그러나 나는 오늘 수술을 받겠다고 했다.

　"대체로 이런 여성들은 성생활에 심한 열등감을 갖고 있기 마련이지요."

　오십대쯤으로 보이는 유방성형전문의인 의사는 나를 쳐다보면서 그런 말을 하였다. 그 말은 내게 성생활에 열등감을 갖고 있어서 굳이 오늘 수술받기를 원하느냐는 질문으로 들렀다. 그런 적이 있었나? 나는 잠시 생각해보다가 그렇지는 않아요, 간단히 대꾸했다. 그건 사실이었다. 사실이 아니었으면 나는 순순히 고개를 끄덕였을 것이다.

　"아마 내 딸 같았으면 말렸을 겁니다."

　의사는 웃었다. 그러나 나는 의사의 딸이 아니지 않은가.

　"그럼 냄새가 나거나 염증이 생긴 적이 있습니까. 뭐

별로 그럴 정도는 아닌 것 같은데."

"그런 건 없습니다."

그랬더라면 나는 아마 좀더 서둘러 병원을 찾아왔을 거였다. 의사는 알 수 없다는 듯 고개를 갸웃거렸다.

수술실로 가면서 의사는 나에게 함몰 정도가 심한 경우에는 수술할 때 부득이 젖관을 끊어야 하기 때문에 아기에게 젖을 먹일 수 없게 된다는 이야기를 들려주었다. 나와는 아무런 상관이 없는 이야기였다. 그렇기는 하지만 만약 그런 이유로 제 아이에게 젖을 먹일 수 없다면 그건 조금 안타까울 거라는 생각이 들었다. 나는 의사의 말을 귓결로 흘려들으면서도 내 왼쪽 젖가슴의 함몰 정도가 그다지 심각한 것은 아니라는 사실에 적이 안도하는 자신을 발견하였다.

나는 이 수술에 대해서 아무런 의미도 갖고 싶지 않았다. 구태여 그 의미를 찾으려 해도 마땅한 이유가 없을 터였다. 신체적인 이런 사소한 변화를 통해서 내 인생의 무언가가 달라질 수 있을 거라고 여길 만큼 나는 어리석은 나이가 아니었다. 그저 머리 모양을 바꾸고 싶은 것처럼 내 몸의 일부를 변화시키고 싶을 때가 있는 것이다. 아무것도 변명하고 싶지 않았다. 왼쪽 가슴 주위에 부분 마취가 시작되자 나는 약간의 통증을 느끼며 눈을 감았다.

그 제과점에서 내가 훔친 빵들이 무엇이었는지 신기할
정도로 나는 정확하게 떠올릴 수 있었다. 크루아상, 브리
오슈, 사과파이, 크레프 같은 것들. 나는 주위를 살피면
서 그런 종류의 빵들을 가방 속에 우겨넣고 있었다. 내
손은 재빠르게 움직이고 있었다. 왜 내가 빵을 훔치고 있
었는지, 무엇 때문에 그렇게 하지 않으면 안 되었는지 종
잡을 수 없는 일이었다. 그런데도 나는 꼭 하지 않으면
안 될 일을 하고 있는 사람처럼 빵을 훔치는 것에 몰두
하고 있었다. 눈에 붉은 핏발이 서고 있는 것이 느껴졌
다.

아마도 제과점이 이층이었거나 그 이상이었는지도 모
른다. 서둘러 제과점을 빠져나오다가 나는 그만 계단에서
발을 헛딛고 말았다. 가방이 떨어지면서 계단 주위로 훔
친 빵들이 좌르륵 쏟아져나왔다. 계단을 오르내리고 있던
사람들이 두런두런거리며 내 주위를 에워쌌다. 그때 누군
가 내 옆구리를 와락 움켜쥐었다. 아앗, 나는 발작적으로
소리쳤다. 뭣 때문에 빵을 훔치는 거지? 나를 둘러싼 입
들이 물었다. 그들의 벌린 입은 짐승의 그것처럼 무서웠
다. 나는 대답하지 않았다. 그러면서 끊임없이 악을 써댔
다. 무어라고 소리를 질렀는지 지금은 떠올릴 수 없다.
아무튼 나는 그 억센 손에서 놓여나기 위해 필사적으로
발버둥치고 있었다.

잠에서 깨어났다.

베개 주위가 흥건해 있었다. 나는 울고 있었는지도 모른다. 어둑신한 방바닥에 방금 전에 내가 훔친 빵들이 사방으로 흩어져 있는 것이 보이는 듯했다. 나는 침대에서 몸을 숙여 손으로 천천히 방바닥을 더듬어 보았다. 한 주먹씩 어둠만이 만져질 뿐이었다. 어둠은 내 손바닥 안에서 잘게 부서졌다. 이상한 꿈이야, 나는 헛꿈을 꾼 거야 방금. 허공에 대고 그렇게 중얼거렸다. 마치 꿈속에서의 일을 변명이라도 하는 것처럼.

지금은 아마 새벽 세시쯤이겠다. 시계를 쳐다보지 않아도 방 안 공기의 움직임과 어둠의 정도와 창으로 통해 들어오는 빛의 색도에 따라 시간을 느낄 수 있다.

아래층으로 내려가 찬물에 얼굴을 씻고 거실 창 밖을 내려다보았다. 창문에 검디검은 얼굴 하나가 비춰지고 있었다. 한기가 느껴지긴 했지만 창을 열어젖혔다. 사라진 얼굴 뒤로 비 온 뒤의 청신한 공기 냄새가 와락 달려들었다. 한껏 숨을 들이마셨다. 마당에는 검은 나무 몇 그루들이 변함없이 서 있었다. 얼핏 화단 주위에 누군가 쭈그려앉아 있는 뒷모습이 보이는 것도 같았다. 아직도 꿈이 덜 깬 걸까. 나는 눈을 비비고 또 비볐다.

이모가 떠난 뒤로도 나는 여전히 그 방에 들어가본 적이 없다. 내가 꼭 그 방을 정리해야 할 필요는 없다는 생각이 들었다. 떠난 누군가의 뒷정리를 하는 것에 나는 조금 지쳐 있었는지 모른다. 누군가에 대한 기억을 챙기는 것에도 조금씩 싫증을 내고 있었다.

　나는 이제는 대장장이가 되어버린 한 사내를 보고 싶어하다가 또 보고 싶어하지 않다가 하면서 시간을 보내고 있는 자신을 발견하기도 했다. 그러고 보니 나는 내 나이에 비해 지금까지 꽤 많은 사람들을 떠나보냈다는 것을 떠올렸다. 내 의지와는 무관한 일들이었다. 나는 더 이상 내 인생과 시비하며 시간을 낭비하고 싶지 않다. 그러지 않아도 내 삶의 어느 부분에서는 지워버릴 수 없는 푸른 녹이 슬겠다.

　창을 닫으려다가 말고 나는 이모가 떠난 후 내가 한 한 가지 일을 기억해냈다. 강여진 베이커리, 라는 상호를 정하는 거였다. 강여진 베이커리. 그 이름이 그다지 썩 마음에 드는 것은 아니었지만 더 괜찮은 이름들이 떠오르지 않았다. 강여진 베이커리. 그렇게 결정하기로 하였다. 그래, 이모가 떠난 후에 내가 한 일은 그것밖에 없었다.

　추억들에 저마다 다른 빛깔의 이름들을 걸어놓듯이 앞으로 남은 내 삶에도 분명 그런 이름들이 있을 것이다. 이제 곧 나는 서른 살이 될 터였다. 마치 열아홉이나 스물아홉처럼 서른이란 나이는 그렇듯 아무렇지 않게 찾아오리라는 것을 나는 서서히 깨달아가고 있었다.

　저 나무들의 수많은 이파리 사이로 차츰 푸르게 번져들고 있는 세상의 빛이 보이고 있었다. 나는 천천히 창가

에서 등을 돌렸다. 그리고는 잊고 있었다는 듯 주방을 향
해 걸어가기 시작했다.

지금은 다시 식빵을 만들어야 할 시간이었으므로.

아직도 빵넘새가 난다

　제주도 남제주군 안덕면 화순리. 장마가 시작되던 칠월, 나는 그곳에 있었다. 어느 계절이나 별반 다를 것이 없지만 유독 여름만 닥치면 나는 내 방에서 잘 나오지 않는다. 특별한 일이 아니면 외출도 삼가는 편이다. 그런 내가 두 달을 계획하고 짐을 꾸리자 가족들을 비롯한 주위 사람들 모두가 의아해했다. 뭣 때문에 이 계절에 먼 길을 떠나는 거지? 나는 그들의 시선을 툭툭 털어내며 묵묵히 서울을 떠났다. 그러면서 생각했다. 무엇 때문에 지금 나는 서울을 떠나고 있는가, 어째서 떠나지 않으면 안 되는가. 내 안에 있는 또다른 나는 아무런 대답도 하지 않았다. 그저 떠나지 않으면 안 되었기에, 그러지 않으면

이 계절을 견딜 수 없을 것 같아서. 내면은 온통 그런 불투명한 빛깔뿐이었다. 그 불투명한 빛깔들에 대해서, 나는 뭐라 설명할 수 없다.

새벽 세시쯤? 낮은 돌담 위로 살찐 도둑고양이 한 마리가 느릿느릿 지나다녔다. 털을 곤추세운 고양이는 가끔 걸음을 멈추고 창 안의 나를 응시하기도 하였다. 그 섬뜩한 기분이란. 고양이 눈을 마주 쏘아보면서 나는 내 어깨 위에 쌓인 나이들과 내가 지운 시간들과 그리고 나를 버린 詩에 대해 생각했다. 그런 식으로 나는 내 마음을 들여다보고 또 들여다보았다.

지난 봄. 식탁은 내가 만든 빵들로 가득했었다. 지긋지긋해. 식탁 위로 훈김이 피어오르는 빵들을 늘어놓을 때마다 나는 속으로 진저리를 쳐대곤 했다. 이제야 알겠다. 내가 그토록 지긋해했던 것은 보기만 해도 신물이 날 정도로 질려버린 빵 때문이 아니라 갓 구워낸 그 빵의 냄새를 묘사할 수 없는 자신에 대한 무력감이었다는 것을. 식탁에 앉아서 시간이 흐르는 것도 잊은 채 나는 오래도록 빵들을 들여다보았다. 이제는 이름도 욀 수 없는 그런 빵들을. 그러다 보면 눈앞으로 저녁이 몰려와 있었고 세상은 어느새 흰빛이었다. 무엇 때문에. 숨죽인 채 납작하게 엎드려 있는 그 빵들과 어떤 방식으로든 나는 소통하고 싶어했던 것은 아니었을까. 그래, 나는 그들이 숨긴 의미와 이미지들을 알고 싶었다. 그들을 통해 또다른 하나의 상징과 은유를 만들고 싶다는 욕망을 꿈꾸고 있었다. 꿈. 모든 꿈은 그것이 단지 꿈이라는 이유로 상처일 수밖에 없다. 스물여덟의 나는 돌처럼 딱딱해지는 빵들 앞에서 자꾸만 무어라 중얼거리며 하냥 서성거리고 있었다.

오월이 시작되자 나는 식탁을 벗어나 다시 방으로 숨어들었고 「식빵 굽는 시간」이라는 소설을 썼다. 그래서 일까. 오월의 일기에서는 아직도 빵 냄새가 난다. 지금 돌이켜보면 식빵이 구워지는 동안, 나에게 아주 많은 일들이 일어났다는 생각이 든다. 만난 사람도 거의 없었고 외출도 삼갔는데 어째서 그런 생각이 드는 것일까. 식빵이 다 구워졌기 때문에? 발효 시간은 알맞게 지켰는지, 소금 양은 정확하게 계량한 것인지, 맛은 어떤지, 나는 도무지 알 수가 없다. 어쨌거나 서툴지만 내가 처음 만들어본 식빵을 이렇게 세상 밖으로 내보내게 되었다. 빵 냄새를 제대로 묘사할 수 없었던 시간처럼 한없이 막막한 심정이다.

제주국제공항에 도착했을 때 나는 내가 곧 이곳을 떠나리라는 것을 확신했다. 그러자 정말 상황은 그렇게 되어버렸고 그런 상황을 핑계삼아 서둘러 다시 짐을 쌌다. 발목을 휘감던 밤바다의 무서운 유혹도 외면한 채 서울로 돌아와버린 것이다. 무엇이 나를 다시 서울로 이끌었는지, 나는 안다. 그것은 나를 몰고간 상황도 아니고 턱없는 그리움 때문도 아니었다.

목소리. 아주 낯설고 어디 먼 곳에서 들려오는 그런 목소리가 있었다. 하여 나는 그 목소리의 부름에 따라 다시 내 방으로 들어서지 않으면 안 되었던 것이다. 이제 나는 그 목소리를 따라 불빛 한 점도 보이지 않는 저기 저 먼 곳으로 한없이 몸을 기울여야 한다. 납작하게 아주 납작하게. 이렇게 내 여름은 지나고 또 불가피하게 가을이 오겠다.

수상 소감을 쓰고 있는 이 순간. 「식빵 굽는 시간」을 쓰는 동안, 그 사무치는 시간을 함께 살아준 사람. 아주 많은 이들의 얼굴이 떠오르기도 하고, 단 한 사람의 얼굴도 기억나지 않는다.

예심 심사평

이번 제1회 문학동네신인작가상 응모작들은 문학의 운명에 관한 온갖 음산한 풍문에도 불구하고, 우리 소설의 미래가 아직은 밝다는 것을 일깨워주었다. 접수된 중편소설은 총 79편, 예상을 크게 뛰어넘는 편수였다. 소설 미학의 기본적인 덕목이 골고루 요구되는 500매 내외의 중장편소설 부문에서 이렇게 많은 신인작가, 문학지망생들의 작품들이 투고되었다는 것은 매우 고무적인 일이다. 우리는 적잖은 흥분과 기대 속에서 응모작들을 최대한 꼼꼼하게 검토하기로 하였다.

우선 79편의 작품을 여섯 명이 12편에서 14편 가량씩 나누어 읽고 비교적 우수하다고 판단되는 작품을 가급적 많이 추려낸 다음, 그것들을 각자 다시 돌려 읽고 토론을 거친 후에, 본심용 작품들을 확정키로 하였다. 두 주간에 걸쳐 예심을 진행하는 동안, 우리는 응모작들의 수준이 전반적으로 높다는 사실, 범상치 않은 작품이 의외로 많다는 사실을 확인했다. 본심에 올릴 작품을 6편으로 확정하면서 우리는 문학동네의 행운을 스스로 경축하지 않을 수 없었다.

조경란씨의 「식빵 굽는 시간」. 창작 기량이라는 면에서 월등히 우수한 작품이다. 이 작품은 한 남자와 두 여자라는 삼각관계의 구도를 통해 '부재에 대한 매혹'을 그리고 있다. 그 부재는 그러나 추상으로 그치지 않고 풍요롭게 부풀어오르는 빵 이미지의 도움을 받아 풍만한 문학적 육체성을 갖추고 있다.

김영하씨의 「나는 나를 파괴할 권리가 있다」. 「식빵 굽는 시간」과 마찬가지로 걸출한 작품. 한마디로, 순전한 허구의 매력을 만끽하게 해주는 소설이다. 자살보조업자가 들려주는 이야기는 그야말로 말짱 거짓말이지만 그것을 가능한 삶의 이야기로 읽게 하는 능란한 장인적 기예가 돋보인다. 첨단의 도시적 감수성으로 세기말의 악마주의적 심성을 세련되게 제시한 점에서도 관심을 끈다.
예심위원들은 조경란씨의 작품과 김영하씨의 작품이

최종심에 올라 경합하지 않을까 예상했고, 이 예측은 보기 좋게 적중했다. 그런데 결과는 공동당선으로 나왔다. 어쩌면 불가피한, 최선의 선택이었을지 모른다는 생각과 함께, 두 당선자에게 축하의 박수를 보낸다.

— 강태형, 남진우, 류보선, 서영채, 이문재, 황종연

편집자 주 이 책에 실린 예심 심사평과 본심 심사평은 전문 중에서 수상작인 「나는 나를 파괴할 권리가 있다」와 「식빵 굽는 시간」에 관한 부분만을 발췌수록한 것입니다. 전문은 계간 『문학동네』 '96 가을호에 실려 있습니다.

본심 심사평

도정일(문학평론가, 경희대 영문과 교수)

다른 이들도 비슷하리라 생각하지만, 나는 소설 심사에 적용하는 다섯 개의 주요 기준을 갖고 있다. 언어의 문학예술적 사용력, 이야기 만들기의 공학적 기술 수준, 사건 구성(틀거리 짜기)의 능력, 인물 창조력, 사상과 주제의 심도가 그것들이다. 이것들을 한 단어로 적절히 표현하기에는 아직 우리에게 공인된 어휘가 없어 때때로 나는 서사이론 교육 시간에 (위의 나열 순서대로) 피규라, 테크네, 뮈토스, 에토스, 다이아노이아 같은 용어를 쓰기도 한다. 물론 이것들 외에도 이런저런 고려사항들이 없지 않지만, 위의 다섯 가지 기준은 적어도 소설이 만족시켜야 할 가장 기본적인 요구이며 따라서 이 요구의 만족도를 판정하는 것이 소설 '심사'라는 게 내 생각이다. 심사 과정에서 내가 제일 먼저 적용하는 것은 첫번째 기준인 언어 능력이다. 이 부분에서 응모작이 최소한 일정 수준에 도달해 있지 않다고 판정되는 순간 나는 읽기를 포기한다. 두번째 기준인 소설 만들기의 공학적 기술도 내가 '기본'이라 여기는 부분이다. '공학적'이란 말은 다소 거슬릴지 모른다. 그러나 다른 모든 정교한 구조물의 경우처럼 소설이라는 구조물에도 '만드는 기술'이 필요하고 이 기술은, 적어도 그게 기술인 한, 에누리 없이 '공학적'이다. 그것은 언어의 변용기술과 함께 가장 기본적인 의미에서 소설의 '예술'을 결정한다. 이들 두 가지 기준이 소설쓰기의 장인적 기량을 측정하고 판정하기 위한 것이라면, 그 밖의 것들——사건 짜기, 인물 창조, 주제 등의 기준은 세부적이고 장인적인 기량 이상의 능력, 다시 말해 이야기를 '소설'로, 이야기꾼을 '작가'로 당당히 격상시키는 데 필요한 능력들을 측정하기 위한 것이다.

여섯 편 중에 당선권에 진입한 두 작품 「나는 나를 파괴할 권리가 있다」와 「식빵 굽는 시간」에 대해서도 나는 할말이 태산이지만 요점만 추리기로 한다. 나의 경우, 이 두 작품을 당선권에 넣은 것은 물론 두 작품이 다섯 가지 심사 기준을 통과(어떤 기준은 좋은 점수로, 어떤 기준은 '패스' 점수로)했기 때문이다. 두 작품은 적어도 내가 생각하는 소설 만들기의 '기본 요건'인 언어와 기술

면에서 다른 응모작들과는 비교되지 않을 정도의 높은 수준을 보였다. 「식빵 굽는 시간」은 지저분한 설명이 없고 전환이 빨라 '생략과 속도'의 기법 활용이 탁월하다. 약간의 군더더기 서술들이 없지 않지만 감정의 객관화와 전이("거북이 울음소리를 들었다"), 통상적 어법을 뛰어넘는 표현력("그는 내 속으로 뚜벅뚜벅 걸어 들어왔다"), 아버지의 돌연한 자살과 제빵 절차를 겹치기 서술로 처리하는 기술, 암시기법(말미 부분의 '아스피린' 장면) 등등은 장인적 기량이 십분 발휘되고 있는 대목들이다. 무엇보다도 이 작품의 비범성은 주인물 여성화자 강여진이 자신의 출생 비밀을 알고 나서도 그 비밀에 매달리기는커녕 오히려 그것의 의미를 인정하지 않는다는("아무것도 달라지는 것은 없다") 사건 전개, 말하자면 '전사(前史) 발견의 무의미화'에 있다. '전사 내동댕이치기'의 이 비범한 모티프는 "나는 누구인가"라는 흔하디흔한 통속적 주제 범주를 이탈하고 '전생 테마'를 조롱한다. 이것이 서른 살 강여진의 자기 발견이자 확립이다. 자신의 전사에 의미를 부여하지 않음으로써 자기를 확립하는 강여진의 이 태도는 전생의 기억을 찾아 헤매는 남성 주인물 한익주의 집착과 극명한 대조를 이룬다. 말미에 가서 강여진이 한익주에의 미련을 버리게 되는 것도 두 사람 사이의 이 대조적 차이를 그녀가 인식했기 때문이다.

몇 가지 욕심을 부리자면, 주인물 강여진과 한익주 사

이의 어긋난 궤도라는 것이 이 작품의 핵사건적 틀거리
랄 때, 그 한익주의 전생 찾기와 집착의 동기(혹은 그의
'비밀')가 훨씬 더 설득력 있게(작품 발표 전에 작가 자신
이 이 부분 손질을 하겠지만) 제시되는 게 좋았을 것이다.
강여진의 생모로 밝혀지는 '이모'도 평소 여진이 싫어할
만큼의 대조적 인물로 더 치밀하게, 더 흥미롭게 그려질
수 있었을 것이라는 느낌이다. 강여진이 자기에게 시시한
고고학적 발견("내가 너의 생모다")을 선사한 그 이모를
상대로 상징적 제거(아스피린 스무 알을 넣은 빵)를 시도
하는 장면은 매우 중요한 무게를 지니는 반면, 그 시도가
시도조차 될 틈 없이 흐지부지해지는 것(이를테면 "그 빵
을 들고 갔을 때" 이모는 사라지고 없었다는 식의 진술이 한
문장만이라도 있었어야) 역시 아쉽게 느껴지는 부분이다.

「나는 나를 파괴할 권리가 있다」는 우리 소설문학에
흔치 않은 '판타지' 양식을 도입하고 있다는 점에서 역시
흥미롭고 비범하다. 이 소설을 읽는 독자 중에는 "뭐 이
런 소설도 있어?"라며 황당해하는 사람이 없지 않을 것이
다. 그러나 바로 그런 반응을 유도해낼 수 있는 것이
이 소설의 성취이다. 판타지는 황당한 것의 제시를 통해
진실의 문을 여는 서사양식이다. 이 종류의 서사는 체험
적 현실 아닌 상상적 현실을 판타지 형식으로 제시하고
그 판타지에 잠복된 욕망의 진실을 보게 한다. 그러므로
판타지는 외형상 리얼해서도 안 되고 리얼리스틱해서도

안 된다. 더러 현실적인 것처럼 보이게 하는 에피소드들이 있다 해도 그것은 판타지의 요건 가운데 하나인 현실-상상 사이의 타협의 결과이지 현실성 그 자체를 살리기 위해서가 아니다. 역설적이게도 판타지는 비현실적 방법으로 현실에 접근한다.

「나는 나를 파괴할 권리가 있다」에서 주인물 화자 '나'는 "압축할 줄 모르는 자들은 뻔뻔하다"라는 진술을 가지고 사람들의 삶을 단축해주는 것을 업으로 하는 인생압축업자, 또는 자살 안내인이다. 이런 업종 자체가 판타지이므로 독자는 이 경우 세상에 그런 직업이 어딨어, 라는 질문을 던지지 말아야 한다. 판타지를 읽는다는 것은 그런 종류의 질문을 던지지 않는다는 계약에 서명하는 일이며, 판타지가 제시하는 세계, 가설, 포뮬레이션을 일단 받아들이고 그 세계 속으로 들어가보는 행위이기 때문이다. 「나는 나를 파괴할 권리가 있다」의 화자는 "이 시대에 신이 되는 길은 작가가 되거나 살인하는 일"이라 말한다. '작가—곧 신이 되는 길'이란 공식은 이미 그 자체로 낡아빠진, 그래서 문학적 사상으로선 한참 평가절하되고 거의 폐기처분된 포뮬레이션이다. 그러나 이 소설 화자의 경우엔, 아무도 신이 될 수 없고 작가까지도 그것을 포기한 지 오랜 이 현실세계에서 작가에게 남은 유일한 선택은 오히려 그 환상을 유지하는 것이라 믿고 있는 듯하다. 전부 5장으로 된 이 소설의 1, 3, 5장이

'나'라는 일인칭 참여 화자의 서술인 반면 2, 4장은 그 '나'가 배제된 객관적 비참여 화자의 서술로 전개된다. 이 기법은 자살 안내업자-화자인 '나'가 3, 4장에서 '나'의 일인칭 한계를 벗어나 신적 전지 시점을 행사하는, 그래서 '작가-신'이 되는 과정을 기법 차원에서 보여준다.

이 판타지의 진실은 무엇인가? 「나는 나를 파괴할 권리가 있다」는 작품 전편을 통해 어떤 어설픈 질문도, 주제도, 문제의식도 제시하지 않고 내비치지 않는다. 그러나 독자는 마지막 장인 '사르다나팔의 죽음'까지를 읽고 나면 그 자신의 주제적 질문(주제는 많은 경우 독자가 만들기도 한다는 사실을 상기하자)을 던지지 않을 수 없게 된다. 최소한 그런 질문의 하나는 "우리가 이 너절하고 지루한 세계에 여자들을 넘겨주기 전에 그 옛날의 사르다나팔처럼 그녀들을 너절하지 않은 세계로 보내야 하지 않는가"라는 것이다. 질문은 그 자체로 하나의 포뮬레이션이고 명제를 함축하며 그 명제의 적용이 가능한 세계를, 혹은 그 명제를 적용했을 때 드러나는 세계를 보게 한다. 「나는 나를 파괴할 권리가 있다」는 최소한 이런 질문을 유도하고 있고, 그 질문 속의 부인할 수 없는 진실-혹은 우리 자신의 숨겨진 욕망과 그 욕망의 진실을 인정하게 하는 이상한 효과를 거두고 있다.

이제하(소설가)

「식빵 굽는 시간」은 심사위원들이 공통으로 당선권에 밀어올린 두 편 중의 하나다. 문체가 안정되고 세련돼 있다는 것은 그것만으로도 오랜 자기숙련을 의미하고 선명한 의식을 표방한다. 그 선명한 의식이 쌀에서 밀가루로 대체되어가는 주식패턴 이행의 시대를 표징삼아 빵 굽는 애기로 출발을 하고 있어 재미가 있다. 그 달콤한 빵냄새 아래서 펼쳐지는 것은 제 집 내부의 부조리한 미혹에 노상 불안해하면서도 겉으로는 태연을 가장하고 있는 화자와 세를 든 떠돌이 이방인 사내 사이의 관계이고 그 긴장이다. 이모, 어머니, 아버지 사이의 곤혹이 근친상간의 관계에 있는 한익주와 한영원 남매의 모순과 대비되고, 그 틈바구니에 화자가 끼어 있다. 복잡하고 까다로운 플롯이다. 혼란과 고통으로 가득 찬 시대를 재단해 보여주려고 이런 구성을 시도한 것일까. 아니면 외부나 내부나 그 어디에도 안주할 수 없는 자아의 탐구거나 그 의식의 표방일까. 이렇게도 저렇게도 단정할 수 없는 그런 의문이 제풀에 드는 것은 그 얽힘을 떠받쳐주는 현실적인 감각이 어딘가 미약한 탓이었을지 모른다. 한익주라는 인물이 특히 그랬다.

「나는 나를 파괴할 권리가 있다」는 그런저런 석연치 않은 점들을 단숨에 밀어내면서 예리한 칼날처럼 당대의 한 중심을 도려내고 있는 작품이다. 엄연히 곁에 있으면서도 모두가 모른 체하고 있는 죽음의 문제, 스쳐가는 교통사고쯤으로 여기면서 아무도 진지하게는 생각 않으려고 하는 그 진부한 고전적 주제를 몽타주를 방불하는 절묘한 구성으로 배열하고, 만화 같은 저돌성으로 털썩 생짜를 들이미는 솜씨가 가히 충격적이다. 만화 같은 기법이 충격을 준다는 것은 그 내용의 진지함과 세련도 때문일 것이다. 자살 카운슬러쯤으로 여겨지는 반추상, 반현실적인 화자를 신과 인간의 중간쯤 되는 지점에 설정하고 그 좌우에 총알택시 기사 형제와 술집 여자와 퍼포먼스를 하는 현실의 인간들이 배열된다. 미술 지식을 십분 원용하면서 그 막다른 인생을 신화적 인물로 끌어올리고 마무리하는 솜씨도 무리가 없고 교묘하다. 특히 절묘한 것은 군더더기처럼 중간에 끼여 있는 생수 에피소드의 홍콩 여자 파트이다. 대수롭지 않은 이 인물은 이 작품의 현실적인 공간을 확장하는 데 결정적인 역할을 한다. '환상의 현실화'라는 기법은 요즘의 신세대 작가군들이 애용해 마지않는 유행상품일지도 모르지만, 그 육화과정이 이 정도로 발군의 순발력과 치밀한 계산을 얻을 때는 가히 점입가경이라고 할 밖에 없다.

최윤(소설가, 서강대 불문과 교수)

　모르는 작가의 첫 작품, 특히 신인이라고 부르는 앞으
로 도래할 작가의 작품을 읽는 것은 언제나 가슴이 뛰는
일이다. 그래서 신인들의 작품은 한편으로는 긴장과 기대
가 최대한도로 당겨진 축복받은 독서의 수혜자이나, 다른
한편으로는 바로 그런 이유로 그들 작품은 늘 보이지 않
는 이상과 비교되어 매순간 평가에 있어 손해를 입는다.
독자는 단번에 이미 존재했던 놀랍고 무서운 신인들을
떠올린다.

　그러나 사실은 그 이상이다. 왜냐하면 한 번도 존재하
지 않았던 작품, 문학하는 사람들이 늘 기다리는, 세상을
놀래킬 기가 막힌 작품을 미리 한구석에 그림자처럼 두
고 있기 때문이다. 그러나 이런 작품은 환상 속에서만 존
재한다. 신인이 쓴 작품을 읽는 것이 까다로워지는 것은
그 때문이다. 그러나 또한 이런 환상이 있기에 모든 독서
는 생생하다. 그런 작품은 아직은, 혹은 어쩌면 앞으로도
어디에서고 볼 수 없을 것이라는 확신이 다시 한 번 섰을
때, 독서는 그런 기대의 그림자를 찾아 나선다. 가능성이
라고 부르는 것, 바로 이 가능성의 확인에 이번 독서가
바쳐졌다.

　「식빵 굽는 시간」은 서서히 독자를 설득하는 작품이
다. 읽고 난 후에 야릇하게도 독자를 사로잡는 작가 특유

의 아우라를 경험케 한다. 우울하고 내성적인 주인공의 특수한 시선이 그것을 만들어낸다. 이번에 본선에 올라온 후보작품 중 아마도 소설쓰기에 대해 가장 진지한 모습을 보여준 작품이다. 사랑에 빠진 사람이 작은 일상의 기호들에서 의미를 찾듯이, 당겨진 감각을 열어놓고 바라본 세상에서 건져올린 미미한 세부들을 소설을 위해 동원할 줄 아는, 확실히 소설과 깊은 사랑에 빠져 있음을 감지하게 하는 작가다. 그 앞에 독자는 신선함을 느낀다. 문장도 탄탄하다.

이 소설은 서른 살에 홀로서기에 이르는 한 민감한 여성의 삶을 그린 성장소설이다. 무수한 사람을 떠나 보내고 홀로 남게 되는 서른 살 여자의 황량한 내면은, 작품 전체에 서려 있는 아늑하고도 달콤한 식빵 굽는 냄새와 빵의 부드러움과 대비되어 전개되기에 독자는 주인공 이성이 만들어주는 여러 종류의 빵 맛을 기꺼이 맛보고자 한다. 여러 주변적인 에피소드를 통해 점진적으로 이야기를 전개시키는 방법도 돋보인다. 주인공 여자는 빵 만드는 기술을 익히는 사람이다. 그러나 그녀가 만나는 사람들은 그녀의 빵을 거절한다. 떠나버린 애인의 옛 애인은 브리오슈를, 아버지는 소보로빵을, 이모는 감자빵을 거부했다. 어머니는 그녀를 거부했다. 그런 사람들은 죽거나 다른 곳으로 사라져버린다. 그녀가 빵을 만드는 일은, 삶의 굳은살을 제거하는 작업과 평행적으로 이루어진다. 발바닥 굳은살, 함몰 유두의 절제수술, 겨드랑이의 거추장스러운 털 제거, 손바닥에 각질을 만드는 피부병의 치료, 떠나버린 남자의 밝혀지지 않는 비밀, 그리고 무엇보다도 일그러진 가족관계라는 과거의 청산…… 이것이 주인공 강여진이 작품에서 해내는 절제수술들인데, 대부분은 주변적인 사건으로 등장하지만 작품 전체의 구성 속에 무리없이 녹아들어가 있다. 그랬을 때, 남자의 귓바퀴를 만지고 싶은 욕구, 누군가를 뒤에서부터 껴안고 싶으며, 쓰다듬고 싶은, 사랑에 대한 원초적인 욕구를 식빵의 속살 같은 부드러움으로 재생하고자 하는 작가의 의도를 읽을 수 있다. 그것이 무수한 사람들이 거절함에도 불구하고 주인공 여성이 식빵을 만드는 이유일 것이다. 이런 것을 생각하면 대부분 빵이름이 붙여진 각 장의 제목은 단순한 고안이 아님을 알 수 있다.

그러나 결점이 아주 없는 것은 아니다. 먼저 주인공을 뺀 인물들의 형상화가 부족해 보인다. 그런가 하면 작품의 큰 줄거리에는 출생비밀이라는 아주 고전적이며 멜로드라마적인 설정이 숨어 있다. 그것은 애정이야기에 뒤섞인 일종의 근친상간의 주제에서도 동일하게 발견된다. 그리고 민감한 독자는 이런 사실의 일단을 작품 초기부터 알아본다. 꼭 이런 예외적인 설정 없이도 이 작품의 황량함과 부드러움이 대조하는 독특한 미학은 살았을 텐데 왜 그랬을까. 그러나 그것을 알고도 그렇게 쓰지 않을 수 없었을 무언가는 작가와 작가의 삶이 결판지어야 할 또다른 문제다. 그럼에도 불구하고 읽을수록 정이 드는 작품이다.

「나는 나를 파괴할 권리가 있다」는 작가의 숙련된 자제력이 탄탄한 언어와 물샐틈 없는 구성을 만든 점에서 좋게 평가할 수 있는 작품이다. 작가는 말한다. "격정이 격정을 만드는 것이 아니다. 건조하고 냉정할 것. 이것은 예술가의 지상덕목이다." 그 말대로 문장은 짧고 군더더기가 없으며, 불필요한 감정은 가차없이 잘려나가고 짧은 세 개의 사건은 단숨에 읽힐 정도의 속도감을 지닌다. 건조함과 냉정함이 속도를 만드는 경험을 하게 된다.

이 작품의 서술자는 일종의 자살안내원 정도로 부를 만한 허구적인 직업을 가진 사람이다. 그의 언어, 감성대, 자유분방한 듯하나 치밀하게 계획된 일상은 로망 누아르 계열의 작품에서 심심치 않게 등장하는 주인공들과 친족 관계에 있음을 알 수 있다. 사설탐정이나 살인청부업자, 수입원과 신원이 밝혀지지 않은 유령 같은 인물들이 벌이는 죽음을 둘러싼 어두운 모험들…… 단지 여기서는 누군가를 죽이는 대신 누군가를 자살하게 한다. 어디서 많이 본 듯한 인물을 등장시켰음에도, 구성의 치밀함으로 이런 전복된 고안이나 허구적 설정을 사실적인 것으로 만들 줄 아는 서술의 힘은 흥미롭다.

이 작품은 두 개의 회화를 묘사하는 것으로 시작하고

끝난다. 그 중간에 서술자가 자살로 인도한 여자들의 삶이 있다. 북극에 가고 싶어하며 생일날 고향 반대편의 눈 덮인 길 속으로 사라져버린 유디트, 복제를 부정하다가 복제당하는 여류 행위미술가 미미, 그리고 서술자가 여행지에서 만난 홍콩 여자…… 세 개의 이야기 속에서 밋밋하고 빈번하게 반복되는 성행위는 서술의 매서운 어조를 확실히 배반한다. 그리고 죽은 사람이 모조리 여자인 것은 단순한 우연일까.

오히려 주목할 것은 이런 것이 아닐까 싶다. 이 작품의 서두와 말미를 장식하는 신고전주의 회화와 낭만주의 회화는 하나의 글쓰기 기획을 드러내주는 독특한 장치로 작용해 단순한 소재를 뛰어넘는 장점이 된다. 낭만주의적인 현실을 신고전주의적 절제로 표현하겠다는 기획, 작가에게, 이 작가 또한, 내용은 하나의 핑계에 불과하다는 단점은 있다. 그러나 그의 관심은 바로 건조하고 냉정한 문체를 처음부터 끝까지 견지하는 것이리라. 세상은 낭만주의 시대의 시간이나 감성처럼 흥청거리며 과장적으로 피와 상처와 좌절을 요구하며 넘쳐흐른다. 그것에 함몰되지 않기 위해 절제와 감정의 거세를 택하겠다, 는 기획, 이것은 잊기 위해서 속도를 육화하고 있는 총알택시 운전사나 삶의 부침에 결코 젖어들지 않는 조화와도 같은 화가 C에게서도 부분적으로 구현되기 때문에 작품에 일관성을 부여한다. "왜 멀리 떠나가도 변하는 게 없을까,

인생이란" 하는 씁스름한 확인에 다다른 사람이 그 확인을, 글을 쓰는 순간만이라도 부정해보고자 하는 기획. 이 작품을 쓴 사람의 매력은 여기에 있다. 그럼에도 불구하고 등장하는 에피소드나 인물들은 궁극적으로 한 주형에서 나왔다. 삶에 대한 거부라는 주형, 그것이 이 기획의 장기인 타당성에 의문을 품게 한다. 또한 작품을 단번에 읽어버리고 난 후 다소간 공허해지는 이유이기도 하다. 호흡이 긴 작가가 되기 위해서는 세상읽기에 있어서 이 단계를 뛰어넘는 도약이 필요하리라. 앞으로의 작품이 기대되는 작가다.

결국, 긴 고심 끝에, 여러 작품 중에 월등히 우수해 우열이 가려지지 않는 두 작품, 「식빵 굽는 시간」과 「나는 나를 파괴할 권리가 있다」를 공동수상작품으로 선정했다. 경사가 두 배가 되었다. 진심으로 축하한다.

"우리 문학의 빛나는 정수를 잇고 싶다"

이문재(시인)

여기 식빵이 있다. 더 정확하게는, 식빵을 구워낸 시간이 있다. 모든 빵의 기초, 그러나 기초임에도 불구하고 만들기가 여간 까다롭지 않은 빵, 일체의 첨가물을 허용하지 않는 빵의 정통―식빵. 식빵으로 대표되는 빵은 제1회 문학동네신인작가상 수상작인 「식빵 굽는 시간」에서 '지독한 관계'들의 여기저기에서 부풀거나 굳어간다.

서로 과거를 밝히지 않는 가족과 기억상실증 환자인 애인. 그리고 그 애인의 옛 애인. 그들과의 사이에서 빵을 만드는 '나'. 빵이 만들어지는 동안, 애인의 기억이 드러나고, 동시에 '나'의 과거가 밝혀진다. 빵은 버려진다. '나'의 부모는 죽고, 애인은 떠나고, 나의 '어머니'인 이모도 사라진다. '나'는 근친상간의 결과물이고, '나'의 애인은 이복 여동생과 사랑한 사이. '나'는 줄곧 빵을 만든다. 홀로 남은, 서른 살의 '나'는 '나'의 이름을 붙여 빵집 상호를 정한다. 금기의, 지독한, 불구의 관계에서 막 벗어나 한 존재로서 독립하는 것이다.

그러나 이 같은 줄거리는 큰 의미가 없다. 서사성을 따라가다 보면 '식빵 굽는 시간'은 눈깜짝할 사이에 불과하다. 식빵보다는, 즉 관계를 구성하는 만남이나 헤어짐, 알력과 같은 사건들보다는 그 사이사이를 빵 굽는 냄새처럼 채우고 있는 '무드'를 유념해야 한다. 문체의 아름다움을 놓치지 말아야 한다. 작가는 무엇보다도 표현의 미학에 승부를 걸고 있는 것이다.

"당선의 기쁨도 컸지만, 5백매 분량의 소설을 써냈다는 기쁨도 컸다."「식빵 굽는 시간」으로 제1회 문학동네 신인작가상 공모에 공동당선한 신예작가 조경란씨는 대외적으로 알려지는, 타인을 위한 당선소감보다는 자기 자신에 대한 약속을 지켰다는 자부심이 더 소중한 듯했다. 그럴 만한 이유는 충분했다.

1996년 동아일보 신춘문예에 단편 「불란서 안경원」이 당선되고 나서 겨우 네 달째 되던 지난 4월, 그는 제빵학원에 등록했다. 한 달 동안 빵을 배우고 만들며 소설을 구상했다. 그리고 마침내 4월 30일 밤, 그는 잠을 이루지 못했다. "내가 과연 5백매 분량의 소설을 써낼 수 있을까. 도중에 포기하면, 그 자기 환멸을 어떻게 치유할 수 있을까"라며 뒤척였던 것. 그러나 조경란씨는 해냈다. 5월 1일부터 17일까지. 그 가운데 하루는 쉬었고, 또다른 하루는 외출 때문에 쓰지 못했다. 꼭 보름 동안, 그는 '식빵'을 완성했다. 15일, 무명의 달이 빵처럼 부풀어 만월이 되는 기간이었다.

한 해에 두 번 당선소감을 쓰는 작가는 그렇게 많지 않다. 그것도 데뷔한 해에. 1969년생이니까 스물일곱 살. 신춘문예와 계간지 공모에 잇달아 당선된 기쁨을 감당하기에는 그렇게 연륜이 깊은 소설가는 아니다. 그러나 그는 이미 '성숙한 작가'였다. "나쁜 버릇이지만, 나는 내 한계를 분명하게 규정한다. 내가 쓸 수 있는 것과 없는 것을 나는 잘 알고 있다"고 그는 말했다. 그리고 그는 "내가 쓸 수 있는 것은 아주 사소한 것들"이라고 분명하게 발음했다.

작가 조경란씨는 1969년에 서울 봉천동에서 태어났다. 세 딸의 장녀. 아직 한 번도 '오빠'나 '언니'라는 호칭을 사용해본 적이 없을 만큼 폐쇄적, 내향적인 삶을 살았다. 고등학교를 졸업하고 대학 입시에 거듭 실패하자 그는 "내도록 집에만 틀어박혀" 있었던 것이다. 햇수로 6년. 집에만 있는 맏딸은 부모에게 가장 큰 짐이었지만, 그 자신에게도 그와 같은 '특수한 신분'은 견디기 어려운 것이

었다. 아무것도 하지 않고 잠자기와 책읽기 사이를, 같은
자리에서 꼼지락거리는 누에 같은 삶. 그러던 어느 날 새
벽, 그는 문득 잠에서 깨어나 이렇게 다짐했다. "이렇게
살아선 안 된다. 시를 쓰자." 우화(羽化)를 꿈꾼 것. 그
러나 그 날개를 펴 어디로, 언제 날아갈 것인지와 같은
비행 계획은 전혀 없었다.

　문학의 길로 접어들자고 작정했지만, 그의 주위엔 문
학에 대한 조언을 들려줄 만한 그 누구도 없었다. 누에고
치 같은 방 안에서 닥치는 대로 책읽기와 '글쓰기'(필사)
에 전념했을 뿐이었다. "그땐 그런 '수업'이 있는 줄도
몰랐다. 나도 모르게, 이상하게도 오정희와 최윤의 소설
을 필사하고 있었다. 그것도 한 번이 아니라 서너 번씩.
그때, 20대 초반, 그 귀신 같은 시절을 생각하면 지금도
가슴이 아프다"고 그는 말했다. 하지만 아직은 시, 소설
이전이었다. 스무 살 이후 혼자 선택해 읽어왔던 책읽기
가 엉터리는 아니었는지 확인하고 싶었고, 무엇보다 스승
이 간절했다. 체계적인 문학 공부를 하고 싶었다. 스물다
섯에 입시학원에 들어갔다. '수능 1세대' 94학번.

　서울예전 문예창작학과는 낙원이었다. 우선, 그가 읽은
책들이 심지어 교재로 채택돼 있었던 것이다. 20대 초반
그의 캄캄한 독학은 보상을 받았다. 행복한 수업 시절이
었다. "모호하고 관념적인 시였지만 일학년 내내 열심히
시를 썼다"고 그는 말했다. 그가 소설 쪽으로 선회한 까

닭은 시가 그를 "버렸기 때문"이었다. 그는 "당시 지도 교수였던 김혜순 시인이 '그래, 시 조금만 더 써보아라'라는 한마디만 했어도 나는 계속 시를 썼을 것"이라며 "나를 버린 시 때문에 많은 상처를 받았다"고 말했다.

요즘도 김혜순 시인을 자주 찾아뵙는 그는 간혹 스승께 '그때 왜 그 한 마디를 안 해주셨느냐'고 투정을 부리는데, 스승은 '너 그때 시 못 썼잖아'라고 꾸지람한다. 아마 그때 김혜순 시인이 '열심히 해봐'라고 한마디를 던졌다면, 90년대 후반으로 넘어가는 한국 소설문학은 한 뛰어난 작가를 얻지 못했을 것이다. 그러므로, 결과적으로 그의 스승은 훌륭했던 것이다.

2년 전 여름, 스물다섯의 문창과 일학년생은 시는 만들어지는 것이 아니다, 태어나는 것이다, 라며 자신을 버리는 시로부터 기꺼이 버림을 받았다. 1995년 1월부터, 본격적으로 소설에 투신했다. 올 신춘문예 당선작 「불란서 안경원」은 지난해 여름에 썼던 중편을 개작한 것이었다. (그래서 단편치고는 등장인물이 많았던 것인가?) 지난해 가을 「환절기」(『현대문학』 1996년 3월호 발표)로 '예대문학상'을 받았다. 그리고 지난 연말, "내가 쓴 글이 소설은 되는 것인지 궁금해" 응모했던 신춘문예에 덜컥 당선하고 말았다. 예심 심사평 한 줄이라도 읽게 된다면 소설쓰기에 대한 자신감을 얻을 수 있지나 않을까, 하는 소박한 기대였는데, 당선은 물론, 당선 직후 원고 청탁까지

들어왔다.

　데뷔작 이후 이번 「식빵 굽는 시간」에 이르기까지 그는 「환절기」 「아름다운 칼」 「당신의 옆구리」 등 꼭 세 편을· 발표했을 뿐이다. 그러나 지금까지 그가 단기간에 발표한 다섯 작품은 그의 문학세계를 분명하게 구획하고 있다. 선명한 스타트라인이다. 가족의 울타리(특히 모녀 관계)를 벗어나지 않으며, 그 분명해 보이면서도 미묘하기만 한 모녀 사이의 징후와 맥락을, 사랑이라는 이상한 관계의 내면의 지도를, 독자(獨自)하려는 젊은 여성의 내면을 통해 드러내려고 한다는 것이다. 그것도 서사보다는 표현(문체)의 미학에 의지해서.

　그는 파트릭 모디아노를 좋아한다. 한때 모디아노의 소설을 프랑스어로 읽고 싶어 불어를 배우려고 했던 욕심을 지금도 버리지 않고 있다. 그리고 그의 문학의 '첫사랑'이던 오정희와 최윤, 이제하와 윤후명의 초기작, 윤대녕의 소설들. 조경란씨는 "우리 문학의 빛나는 정수들의 맥락을 잇고 싶다"고 말했다.

　그는 신세대 작가라는 관형사를 거부한다. "누가 나를 신세대 작가라고 규정하면 나는 싫어할 것"이라는 그는 "더이상 새로운 이야기는 없다고 생각한다. 다만 표현의 미학이 새로울 수 있을 따름"이라고 말했다. 표현에 우선적인 가치를 두고 있으므로 당연하게도 그는 "잘 쓴 시 같은 소설"을 쓰고 싶어한다. 미당과 박용래, 김종삼의 시를 사랑한다는 그에게, 시에게서 버림받았다는 깊은 상처는, 그로 하여금 소설을 쓰게 하는 순결한 에너지로 보였다. 지금도 그의 책읽기의 대부분은 시집읽기로 채워진다.

"작가로서의 품위와 문학적 자존심을 지키면서 많이 읽히는 작품보다는 오래 읽히는 작품을 쓰고 싶다"는 그의 말을 듣고 나면 그가 왜 신세대 작가로 묶이기를 반대하는지를 이해할 수 있다.

이쯤에서 그의 식빵은 다시, 새롭게 보인다. 그가 식빵을 만들고 굽는 연유를 알 수 있을 것 같다. 모든 빵의 기초, 기초이기 때문에 만들기가 어려운 식빵, 그리하여 빵의 정통인 식빵. 그는 한국문학의 '식빵'을 굽고 있는 것이 아닐까. 작가로서의 품위와 문학적 자존심을 지키며 한국문학의 정수를 잇겠다는 '정통'에의 외경, 혹은 친밀성. 그것은 '혈연'을 닮아 있었다. 조경란씨는, 이 부황든 상업주의 시대에 기초 다지기가 얼마나 중요한 것인지를, 작가로서의 자신을 지켜내기가 얼마나 고단한 것인지를 이미 알아버린, '성숙한 신예'인 것이다.

그가 앞으로 구워내는 '빵'들이 부디, 한국 문학을 살찌우는 고급한 양식(糧食/樣式)이기를!

식빵이 부풀어오르고 있다.

문학동네 장편소설

식빵 굽는 시간

ⓒ 조경란 1996

1판	1쇄	1996년 8월 20일
1판	13쇄	2014년 10월 8일

지은이 조경란
펴낸이 강병선

펴낸곳 (주)문학동네
출판등록 1993년 10월 22일 제406-2003-000045호
주소 413-120 경기도 파주시 회동길 210
전자우편 editor@munhak.com | 대표전화 031)955-8888 | 팩스 031)955-8855
문의전화 031) 955-3576(마케팅) 031) 955-8864(편집)
문학동네카페 http://cafe.naver.com/mhdn

ISBN 89-8281-001-3 03810

www.munhak.com

한국문학을 이끌어가는 힘! 문학동네소설상 수상작

제1회 새의 선물 은희경

대형 신인의 포문을 연 한국문학의 대표작가 은희경의 탁월한 역량이 유감없이 발휘된 수작. 일상 속에 숨겨진 허위와 생에 대한 가차없는 시선, 시종 웃음을 자아내는 해학적 문체와 치밀한 심리묘사가 돋보인다.

* 책이랑 선정 좋은 청소년 책
* 전문가가 뽑은 90년대 책 100선

제2회 아무 곳에도 없는 남자 전경린

읽는 이를 저 두려운 낯섦 속에 빠뜨리고, 뜨거운 정염의 불길로 서슴없이 충격을 가하는 귀기의 작가 전경린의 첫 장편소설. '심장에서 그대로 튀어나온 소설'이라는 평가를 받은 화제의 작품으로, 시종 흐트러지지 않는 호흡과 강렬한 문체가 읽는 이를 사로잡는다.

제3회 예언의 도시 윤애순

혁명과 사랑, 음모와 배반이 뒤엉킨 장대한 비극적 대서사시. 힘있는 주제의식과 뛰어난 서사성을 구비하고 있는 작품으로, 다양한 등장인물의 욕망과 관능의 에너지가 원색적인 아름다움과 비의적 색채 속에 녹아들어 있다.

제5회 숲의 왕 김영래

신화적인 관점에서 '인간'을 복원하고 있는 소설. 자연의 생명력을 묘사하는 시적인 문장은 충격적인 아름다움을 느끼게 하며 인간의 삶에 관한 통찰력은 잠언과 경구의 깊이로 다가온다. 신성한 자연의 음성을 들려주는 듯한 이 소설은 가히 우리 소설의 충격이다.

제8회 그녀는 조용히 살고 있다 이해경

거침없는 구어체 문장, '오해의 연속'으로 이어지는 줄거리, 냉소와 조롱의 언어를 통해 좌충우돌 갈팡질팡의 횡보로 끙끙대는 21세기의 소설가 지망생을 그려나간다. "쓴웃음과 함께 가슴 찡한 아픔을 자아내는" 풍경이다.

제10회 고래 천명관

소설에 대한 기존의 상식을 보기 좋게 훌쩍 비켜서는, 놀랄 만한 다채로움과 독특한 개성을 지니고 있다. 낯섦과 기이함, 동시에 상당한 당혹스러움과 저항감을 안겨주며 시작되는 이 소설은 이야기가 진행될수록 굉장한 흡인력을 발산하면서 결말까지 숨가쁘게 몰입하게 만든다.

* 한국간행물윤리위원회 선정 청소년 권장도서   * 한국문화예술위원회 선정 우수문학도서
* 한국출판인회의 선정 이달의 책

제11회 수상한 식모들 **박진규**

질주하는, 전복적인, 쾌활한 상상!
그들의 보복은 비장미가 없는 대신 유쾌했고, 폭력적이지 않았지만 잔혹했다.
그리고 모두 여성으로 이루어져 있었다. 그녀들의 집단을 우리는 '수상한 식모'
라고 부른다.

＊ 한국문화예술위원회 선정 우수문학도서

제12회 캐비닛 **김언수**

최초로 심사위원 만장일치를 이끌어내며 '괴물' 같은 작가의 출현을 알린 화제
작. 상상 불가의 변종들에 대한 기발하고 대담한 상상을 탄탄한 필력과 능청스
런 입담으로 풀어놓는다.

＊ 2007 문화관광부 교양도서

제13회 달을 먹다 **김진규**

이해와 오해, 사랑과 사랑 아닌 것의 미묘한 간극이 불러온 치명적인 로맨스!
영정조시대를 배경으로 엄격한 법도와 완강한 신분질서가 작동하던 그 시절,
사랑에 죽고 사는, 금지된 사랑에 눈멀어 위험한 죽음충동에 몸을 맡기는 인간
군상의 모습을 그려 보인다.

＊ 한국문화예술위원회 선정 우수문학도서

제15회 피리 부는 사나이 **김기홍**

"이 소설은 젊다." 엇갈리는 청춘의 사랑, 컴컴하고 단단한 알에서 깨어나게 하
는 진하고 운명적인 우정, 정체 모를 사나이의 피리 소리를 뒤쫓아가는 진실조
각 맞추기! 피리 소리를 따라 진실을 찾아가는 이 매혹적인 성장소설의 부름에
독자들은 기꺼이 뒤를 따를 것이다.

제17회 귀를 기울이면 **조남주**

'여기 없는 소리'를 듣는 아이, 바보아이 김일우의 휴먼다큐 〈더 챔피언〉 비하인
드 스토리! 속물적 욕망에 길들어 몸살을 앓는 세계, 그 속에서 펼쳐지는 소시
민들의 이 따뜻하고 현실적인 비극은 현대인이라면 오장육부처럼 달고 다니는
소외와 고독, 존재의 불안을 침울하지 않게, 발랄하게 보여준다.

제18회 체인지킹의 후예 **이영훈**

아버지 없이 자란 세대가 살아갈 방법을 가까운 사람들을 통해 굼뜨게 하나씩
배워나가며 저마다의 상처를 극복하는 성장기. 어울릴 법하지 않은 이야기들을
엮어내는 구성력과 '특촬물'이라는 생소한 제재를 통해 현 젊은 세대의 '지금—여
기'의 풍경을 강렬한 여운과 정감 어린 필체로 어루만지고 있다.